国家出版基金项目
NATIONAL PUBLICATION FOUNDATION

东北流亡文学史料与研究丛书·研究卷

东北流亡文学总论

白长青 著

北方联合出版传媒(集团)股份有限公司
春风文艺出版社
· 沈 阳 ·

主　　编　张福贵

研究卷主编　韩春燕

图书在版编目（CIP）数据

东北流亡文学总论/白长青著. —沈阳：春风文
艺出版社，2020.5（2024.1重印）
（东北流亡文学史料与研究丛书）
ISBN 978 - 7 - 5313 - 5699 - 8

Ⅰ. ①东… Ⅱ. ①白… Ⅲ. ①现代文学 — 文学研究 —
东北地区 Ⅳ. ①I209.93

中国版本图书馆 CIP 数据核字（2019）第232266号

北方联合出版传媒（集团）股份有限公司
春风文艺出版社出版发行
沈阳市和平区十一纬路25号　邮编：110003
河北浩润印刷有限公司印刷

责任编辑：姚宏越　刘　维		责任校对：于文慧	
封面设计：马寄萍		幅面尺寸：155mm × 230mm	
字　　数：137千字		印　　张：10	
版　　次：2020年5月第1版		印　　次：2024年1月第2次	
书　　号：ISBN　978-7-5313-5699-8			
定　　价：49.80元			

前　言

本书是专为"东北流亡作家"而作的。

半个世纪以前，在祖国的东北，曾经诞生过一支年轻的作家队伍。直到今天，人们也没有忘记他们的名字，还特别喜爱他们的作品。这支以恢宏刚劲的气势闯上文坛、当时产生极大影响的"东北军"，被人们称为"东北流亡作家"。

了解"东北流亡作家"的主要作家和他们的代表性作品，研究他们在中国文学史上的地位、价值，乃至创作特色，纵览他们的创作生涯和这个群体的轨迹，无论从哪一个角度来讲，都是十分有价值的。

让我们把目光回溯到中国现代史上那灾难深重的一页。

一九三一年发生在沈阳的九一八事变，震惊了每一个中国人。当时，摆在每个人眼前的，就是在日本帝国主义侵略者面前，中华民族向何处去，自己该向何处去。目睹大好河山在血与火的煎熬中战栗，多少中华儿女的热血在沸腾。正值其时，一批作家从北方走来了。他们挟着北国的风雪，他们带来了身受亡国之痛的三千万东北同胞的悲愤和控诉，开始创作抗日作品。这是一种中国历史上从未有过的文学新军，这是一支代表着时代精神的突击力量。他们用自己滴着血泪的作品，喊出了中华民族抗战文学的第一声，呼唤着一个新的全国性抗战文学时代的到来，其巨大的历史功绩彪炳史册。

在之后长达十四年的时间里，东北变成了日本帝国主义一个畸形的殖民地，东北成为全国遭受民族灾难最早、最深重的地方。相伴而生的，是在这块土地上升腾的民族觉醒和反抗精神，也先于全国成为时代审美趋势的主潮。"东北流亡作家"就在这样一个特殊的历史和文化的大背景下应运而生，就处于这样一个由外部环境和内部环境构成的时代坐标系中。特定的时代环境与历史进程，必定会造成特定的文化背景，必然会产生与之相适应的文学现象。所以，在"九一八"之后，出现了抗日的东北文学，出现了"东北流亡作家"。

历史的长河在缓缓流淌，几十年弹指一瞬。当年作家们文学活动的轨迹，有的已经随着历史变得模糊，甚至湮没了，有的还清晰地屹立在那里，等待后人去认识，去评价。历史距离使得我们可以较为客观地、静态地去完成这项工程。但由此带来的对当时历史环境和文化环境的生疏，缺乏切身感受，又是难以回避的不足。所以，这又是一项很困难的工作。

只要我一想起这些当年叱咤风云、为祖国文化奉献那么多灿烂的作品的作家时，脑海里便浮现一组挺拔坚毅、扎根在北国广袤大地上的高大白杨树的苍劲形象，心中也便升起一种无言的崇敬。想及此，便觉得有义务去讴歌他们。他们颠沛奔波一生，屡经挫难，但壮志不灭。他们方正高洁的操行，浩帙鸿篇的著作，令人仰止；当年，他们写出了《八月的乡村》《生死场》《呼兰河传》《科尔沁旗草原》《万宝山》《边陲线上》《没有祖国的孩子》《寒夜火种》《第七个坑》这些优秀作品，为当时的文坛吹来一股清新的风、战斗的风。它是属于新时代的。现在，这段历史生活已经远离我们了，但这股时代的风，人民所需要的精神财富，我们不是仍然要保存下去吗？

"东北流亡作家"的作品，历来受到热烈赞扬。它的影响早已逾越了东北地域，辐射广泛，甚至跨越了国界。它使一代又一代的人着迷，得到不同肤色与国度的人们的喜爱。它不仅属于中国，也是属于全世界的文化财富。显然，"东北流亡作家"的创作，不仅具有艺术魅力，也蕴含精神财富。人们通过它，认识了东北文学，认识了中国的现代文学，也认识了中国人的民族精神。

每当漆黑的夜晚来临，我常常仰望北方的天空，那里有一个星群在烁烁发光，它就是北斗七星。在满天灿烂的星星中，它也许并不起眼，但它总是坚韧地围绕北极星转动。一圈又一圈，周而复始，永无停止。我觉得，这就是奋争的精神，是对目标的永恒追求。它高悬于北方，给人以温暖。它就是我心目中的"东北流亡作家"之星。它永远地闪烁在北方的天空，人们也会永远地记得它。

在本书出版之际，我要向热忱关怀和支持本书出版的春风文艺出版社的同志表示最衷心的谢意。在出书难，特别是严肃的学术著作出版尤其难的今天，他们以一种干事业的精神，跋涉奋斗，宁可赔钱也扶助这部著作面世，这是我不能忘记的。

目　录

第一章　他们诞生在这片土地上

一、非惟天时，抑亦人谋

文学，是时代母亲的儿子。

任何文学现象，都不能是无缘无故地产生的，它总是和一定的社会经济基础相适应，总是在特定的社会历史环境中存在的。

二十世纪三十年代，祖国东北角涌现了一批年轻作家，后人将他们冠以"东北流亡作家"之名称。它的诞生，既是当时东北社会与历史发展的自然结果，也是由于它适应了当时那种特定的环境，包括当时东北独特的地理、社会、历史、政治、经济、军事、思想与文化。在这个大环境下，东北作家演出了一幕幕丰富多彩、凝重雄浑的历史活剧，也为后人留下了一笔璀璨绚丽的历史文化遗产。

社会生活的千变万化，人民命运的坎坷忧患，民族生存的奋争与未来……在东北历史上一个前所未有的忧患年代里，历史赋予文学以丰富而深邃的内涵。这真是一个令人难忘的时代，一个独特的大环境啊！

这个环境首先是由五四运动促成的。

回顾"五四"初潮期，以陈独秀为代表的一批思想先行的知识阶层率先喊出了"民主"与"科学"的口号，封建文化的根基在动摇，新文学在建立。在这种开拓与奠基性的文化进军中，已经蕴含了挽救国家、恢复民族尊严的政治激情。这是东北新文学到来的前奏。

当时，全国各地以白话文形式创作的新诗、新小说，以及文学新人、新的文学团体，如雨后春笋般纷纷涌现。东北也不例外，新文学首先在奉天（今沈阳）兴起，之后由南而北逐渐延展。较著名的有白杨社、启明学会、东光社、春潮社、蓓蕾社、寒光剧社、灿星社。整个二十世纪二十年代，是东北新文学十分活跃、"五四"的现实主义文学精神在东北扎根并逐步发展的阶段。

当时，东北的一些报刊也成了新文学的热心传播者。二十世纪二十年代末期奉天的《新民晚报》《平民日报》《盛京时报》，大连的《泰东日报》，都热心扶持了一些新文学作品，转载鲁迅、叶圣陶、郭沫若、闻一多、胡适、王统照、徐志摩等人的新作，对文学新人的成长和新文学在东北的传播起到了推动作用。

茅盾在评价这时期的文学活动时说："这一活动的主体是青年学生以及职业界的青年知识分子。他们的团体和刊物也许产生以后旋又消灭了……然而他们对于新文学的发展的意义却是很大的。这几年的杂乱而且也好像有点浪费的团体活动和小型刊物的出版，就好比是尼罗河的大泛滥，跟着来的是大群有希望的青年作家。"（茅盾《中国新文学大系·小说一集〈导言〉》）

这预言是注定要实现的。

在东北，这预期中最早的一批青年作家果然出现了。我们可以举出王卓然、朱焕阶、罗慕华、王莲友等人的名字。他们大都生活在小资产阶级的圈子里，文学还幼稚，作品的主题也常常是追求个性解放和婚姻自主，反对传统的封建道德。这是"五四"思想解放运动在文学上第一阶段的作品的共同特点。关于这一点，鲁迅曾准确地分析说:"在现在中国这样的社会中,最容易出现的,是反叛的小资产阶级的反抗的,或暴露的作品。"(鲁迅《二心集·上海文艺之一瞥》)

二十世纪二十年代末到三十年代初,是东北历史上一段具有转折意义的阶段。文学上也是如此。"东北的"特征逐渐显现得更明显了,它有别于关内文学的个性逐渐凸现了。它不是亦步亦趋随着关内文学发展的步调,而是以自己的特点、自己独特的面貌,开拓和确立自己的位置。一九三一年九一八事变以后,它就完全迈上了一条全新而独特的道路。它的革命性和抗战意识的内核,已经走在全国文学的前面。这就是当时东北新文学和关内文学的发展衍化关系的总格局。

五四新文学有一个鲜明的精神内核,就是与中国的社会实际相结合。在对旧的文化进行改造的同时,兼有强烈的批判性与创新性。它从一开始就潜伏政治的要素,而它一旦与东北特定的历史背景相遇,很快就确立了抗日救亡的主题,将新文学与爱国反帝的政治目标合流在一起。这是东北新文学发展的独特面貌。从新文学浪潮中脱颖而出的一批东北文学青年对爱国主义思想的捕捉尤为敏锐,也急于表达。在他们中间,便萌发了"东北流亡作家"的胚芽。

东北新文学的上层之所以能孕育"东北流亡作家",就在于二十世纪二十年代末到三十年代初期东北社会处于特殊的历史和社会环境中。

步入二十世纪,东北的地理和历史环境变得十分特殊微妙。它处在日俄两个帝国主义势力范围的交叉点上,在帝国主义强国的利益夹缝中艰难地保全自己。十九世纪以来,俄国一再越黑龙江而南下,日本跨朝鲜而西进,东北成了它们进一步侵略扩张的边缘地域,成了它们妄图吞并的新土。到了二十世纪二十年代末期,日本帝国主义在东北的势力加剧膨胀,中日外交摩擦此起彼伏,日本的侵略野心已经对东北的安全构成直接威胁,这是连普通东北人都可以感觉到的。在东北内部，奉系军阀仍在推行穷兵黩武的政策，战乱不断，使落后的封建经济更趋潦倒。整个东北就像一座行将倒塌的大厦，受着风雨的侵蚀，危象日重，一个历史转折点正悄悄逼近。

二十世纪二十年代末期，普罗文学（无产阶级文学）在东北得到很大的发展，这对"东北流亡作家"的诞生起了很大作用。

一九二九年，在中共满洲省委领导下，奉天的一些青年学生创办了一个进步的文学刊物《冰花》。奉天的地下党员还掌握了另一个普罗刊物《关外》。在东北大学校园里，白晓光（马加）、林霁融、张露薇、李英时、叶幼泉、申昌言等人，开始在当地的报刊上发表文章，初露头角，他们仿效《关外》办起了颇为左倾的《北国》，继而又有《怒潮》。在这两个刊物上登载的李英时的《文学与阶级》，白晓光的小说《母亲》、长诗《在千山万岭之中》，都焕发着一种新的活力。

在北满，已是中共地下党员的罗烽于一九三〇年年初在铁路职工中创办了第一个普罗性质的刊物《知行月刊》。地下党员金剑啸在哈尔滨主编《晨光报》副刊、《大北新报》副刊。当时哈尔滨的《国际协报》的《文艺》副刊、长春《大同报》的《夜哨》副刊等，均一度掌握在进步文学工作者的手里。姜椿芳、罗烽、舒群、白朗、萧军、萧红、金剑啸、孔罗荪、金人、塞克等作家都曾在上面发表作品。他们秘密聚会，成立剧社，组织进步画展，使二十世纪三十年代初期哈尔滨的进步文艺活动颇为活跃。"哈尔滨作家群"成了日后"东北流亡作家"的雏形。

当时，外国进步文学在东北的传播，对"东北流亡作家"的诞生，也起到了重要作用。很多作家都是接受了外国革命文学的精神熏陶而成长的。在奉天、大连的一些进步书店里，有日本进步作家小林多喜二、德永直的作品。其中，《蟹工船》影响较大，很多进步文学青年都读过它。而在北满，苏联革命文学的影响要大一些。《国际协报》《大北新报》，都曾介绍高尔基、马雅可夫斯基的创作和生平，刊登过苏联文艺作品，对当时的文学青年有较大影响。

在二十世纪三十年代初这个特定的时代，在东北这块特殊的地域上，几种来自不同方向、分属不同类型的文化互相撞击，互相融合。在其接合部上，形成了一种"T"型的文化交叉点。它向不同方向扩延的结果，就诞生了一块新的亚文学出生的区域。坚持现实主义主潮的进步文学青年的成长，又为"东北流亡作家"的问世最后准备下了人才这一因素。而"九一八"的炮声，把来自各方面的条件最后凑成结果，"东北流亡作家"从此便似打开闸门之水，顺势涌出，锐不可当了。

二、偶然和必然

九一八事变不仅使东北沦为日本殖民地，也从此揭开了中国抗战的序幕，中国历史开始了一个新时期。

九一八事变时，"东北流亡作家"的大部分人都在故土，目睹了这一国土沦丧的过程。日本侵略者的军歌声、太阳旗，他们趾高气扬的占领者气焰，随意屠杀、凌辱中国人民的兽行，东北人民的呻吟、挣扎和鲜红的血，刺痛了这些青年作家的心。严峻的现实已逼得他们不能沉默，爱国的心使他们无法接受当亡国奴的命运。于是，他们纷纷流亡到关内，浪迹天涯。他们亲身体验了家破国丧、被侵略者凌辱之痛楚，对他们来说，个人的不幸和祖国的不幸，个人的命运和整个民族的命运，突然空前紧密地相连了。"每一次社会危机和社会变革一定会增加个人命运的偶然性，特别是增加关于这种偶然性的自觉。"（东北作家于黑丁语。见沈卫威论文《略论东北作家群的崛起》）在这种偶然的历史骤变面前，这些青年作家更加自觉地焦虑国家与民族的命运。他们不是为了去做作家，而是为了救祖国、救民族、救自己而拿起笔来的。他们这时创作的心境与"九一八"前相比已发生巨大变化。他们由对现实的震惊、哀痛，继而到愤懑、反抗，渴望发泄自己的感情，憧憬收回家园的战斗，这心底的欲望和时代的潮流合拍，也反映了人民大众的愿望。萧军回忆道："我从事文艺创作的动机和主要目的很简单，就是为了祖国的真正独立、民族的彻底解放、人民确实翻身以至于能出现一个无人剥削人、人压迫人的社会。"（萧军《我的文学生涯简述》）说得极为中肯。李辉英也在自述中说："我是在一九三一年九一八事变以后，因为愤怒于一夜之间失去了沈阳、长春两城，以及不旋踵间，又失去整个东北四省的大片土地和三千万人民被奴役的亡国亡省痛心情况下起而执笔为文的。"马加回忆说："一九三一年九一八事变，我流亡到北平，失了学，失了业，失去了一切生活的权利。……一九三二年夏天，出于体验生活的动机，我毅然地回到了东北故乡，作为一个流亡青年在农村滚了两年。在当时阴霾的政治气氛笼罩下面，我所体验到的，是敌人铁蹄下的白色恐怖，农民肩头上沉重的枷锁。残酷的现实使人窒息，使人愤怒，我带着与之决裂的感情告别了被侮辱的土地……"（马加《〈寒夜火种〉后记》）九一八事变不仅急剧地改变了东北的历史和命运，也急剧地改变了这些青年作家的生活道路。他们从此失去了平静的家园，背井离乡，颠沛流离，目睹同胞的悲惨命运。生活中的观察和感受，极大地开阔了他们的视野，他们将自己的创作融进社会剧变的洪流中。他们以一种作家的社会责任感，以自己唤醒民族危亡的主体意识，创作抗日救亡主题的作品。他们内在的感情，也在这一变化中升华着，形成新的风貌。

　　"东北流亡作家"亲身经历了这一次历史与文化的大碰撞，这使他们有可能挣脱传统思想文化体系的束缚，从精神上获得解放，充分展露创作个性，自由地表达自己的信念。他们出生在时代骤变的暴风雨中，经历了难忘的感情折磨和很多生活的坎坷，这既是他们个人的不幸，又是他们的得天独厚之处。正是身处猛烈的时代暴风雨中，他们才开始用一种全新的眼光认识生活、了解社会。他们内在的创作世界无疑比没有经历过生活的作家更为复杂，也经历更多的内心矛盾和痛苦抉择，他们彷徨过、痛苦过、困惑过，也有过一度失落的怅惘。但是，对于抗战的胜利和东北的光明前途，他们是坚定的。在时代的考验面前，他们勇敢地做出了自己正确的选择，这就是去适应时代、迎接挑战，而不是逃避时代。没有这种精神准备，"东北流亡作家"的创作就不会具有使人们感动的那种历史崇高感和精神力量。

在关内，这些作家便脱颖而出、比肩而立，联袂辉映在文坛上了。

一九三二年，流亡关内的吉林籍作家李辉英，在丁玲主持的左联刊物《北斗》上发表了他的第一篇短篇小说《最后一课》，这也是流亡关内的东北作家第一篇描写东北抗日救亡的小说。一九三三年五月，李辉英的长篇小说《万宝山》出世。它取材于"九一八"前夕吉林省发生的日本侵略者制造的万宝山事件的历史事实，描写了日本在经济上推行侵略政策引起中国人民的反抗。结构有些杂芜，技巧也不够好，主题意义都是新鲜的，它是"东北流亡作家"的第一部抗日题材的长篇小说。它与铁池翰（张天翼）的《齿轮》，林箐（阳翰笙）的《义勇军》一起列为"抗战创作丛书"，由上海湖风书局出版，引人注目。

约在一九三五到一九三六年间，来到上海的夫妻作家萧军和萧红，率先推出著名的小说《八月的乡村》和《生死场》，鲁迅先生为之作序，指出其"对于生的坚强，对于死的挣扎，却往往力透纸背""这正是奴隶的心！"（鲁迅《萧红作〈生死场〉序》）"凡有人心的读者，是看得完的，而且有所得的"（鲁迅《田军作〈八月的乡村〉

序》)。鲁迅先生的赞扬和培养，使东北作家的名字骤然响亮起来，他们作品的真正价值开始为人们所认识。后于二萧来到上海的舒群写出著名短篇小说《没有祖国的孩子》，深受好评。罗烽写出描写沈阳陷落后场面的著名短篇小说《第七个坑》；骆宾基写出表现东北早期抗日游击队生活的小说《边陲线上》；马加写出描写伪满洲国皇帝"登基"前后东北农村悲惨生活实貌的中篇小说《登基前后》（即《寒夜火种》）；端木蕻良写出表现"九一八"前夕东北农村宏阔面貌的长篇小说《科尔沁旗草原》；流亡关内的穆木天、高兰的激昂悲壮的朗诵诗，杨晦与塞克的剧作，于黑丁、林珏的短篇小说，金人的翻译著作都相继问世，一大群年轻的"东北流亡作家"开始活跃于关内文坛。他们的作品，场景宏阔，主题意义深刻。由北满的呼兰小镇写到南满的辽河乡村，由边城珲春的景致写到东北都市的风情，由白雪皑皑的长白山写到茫茫辽阔的科尔沁旗草原，笔端倾吐着经历"九一八"惨祸的东北人民的呼喊，流淌着三千万东北同胞的泪珠，抒唱着东北人民的觉醒和不屈的抗争。在短短的两三年之间，这么一大批集中反映东北抗日斗争的优秀作品突然问世，这么一大群失去家园的"东北流亡作家"骤然到来，如长风出谷，使关内文坛为之震动。由于他们描述的正是全国人民普遍关心而又不熟悉的沦陷的东北生活，所以其作品普遍受到重视。人们认识到抗日救亡文学这一新领域。他们作品的思想价值被确立，意味着"东北流亡作家"在这个时期已基本形成。他们的作品带给关内文坛一个"全新的场面，新的题材，新的人物，新的背景"[1]，而这一点是他们自己始料不及的。

二十世纪三十年代后期，"东北流亡作家"的创作仍在发展。萧军写出反映辽西农村生活的长篇小说《过去的年代》，短篇小说集

---

[1] 乔木：《评〈八月的乡村〉》，《时事新报》1936年2月25日。

《羊》《江上》；萧红写了著名的《呼兰河传》，短篇小说《小城三月》《手》《牛车上》等；二萧合著短篇小说集《跋涉》；端木蕻良写出短篇小说集《憎恨》、中篇小说《大地的海》；骆宾基发表一些反映国统区人民抗战和自身家世的作品，如短篇小说集《北望园的春天》，长篇小说《幼年》《姜步畏家史》；罗烽著有短篇小说集《呼兰河边》，中篇小说《归来》《莫云和韩尔谟少尉》等；舒群发表抒情长诗《在故乡》，中篇小说《老兵》《秘密的故事》，短篇小说集《没有祖国的孩子》《海的彼岸》等；李辉英写出表现国统区战时生活和怀念家园的散文集《再生集》《军民之间》《山谷野店》等；白朗写出中篇小说《叛逆的儿子》《悚栗的光圈》等；马加写出抒情长诗《火祭》《古都进行曲》，短篇小说《家信》《我们有祖先》等；塞克成为写出著名的《流民三千万》《满洲囚徒进行曲》《东北救亡总会会歌》等歌曲的词作家；穆木天继诗集《旅心》后，又出版《流亡者之歌》《新的旅途》两部诗集；林珏写出短篇小说集《山村》《鞭笞下》和《火种》。此外，于黑丁、高兰、孔罗荪、金人、杨朔、刘澍德、师田手、高涛、耶林等人的创作也很活跃。东北作家在短短几年间，已成为关内左翼文学的一支颇有实力的新军。

三、奴隶们的心

东北作家入关后，与左翼作家有了更多交往，开阔了视野，丰富了生活体验，作家自己也获得了相对安定的写作环境。一些主要作家，如萧军、萧红、罗烽、舒群、白朗、金人、林珏、李辉英，于一九三四年前后竟不约而同地奔向上海，聚集在左联内，这是一个颇有深意的选择。

上海是当时全国进步文化活动的重心，是革命文学与反动文学正在激烈搏斗的阵地。对于渴望战斗的东北进步作家来说，内心自然充满极大的向往。在他们的抗日题材作品即将问世的时候，他们来到上海，并旋即投入革命文学的洪流中，经受斗争洗礼，这对他们的成长有着重要意义。能够真正理解和认识他们作品的崭新价值的，在当时首推上海的进步文化界，能够真正广泛宣传和确立他们地位的，也只能是上海的进步文化界。

上海的左联对整个进步文化界张开臂膀，以长者的关怀之情，培植这些来自北国的稚嫩幼苗，为他们施展才能创造良好环境。《文学》《作家》《中流》等上海有影响力的文学刊物，都为他们开辟园地，使他们的作品有机会发表。一些著名的作家和评论家，热情地为他们的作品评论宣传。

骆宾基的第一部长篇小说《边陲线上》，就曾直接经茅盾推荐和协助安排出版。端木蕻良的短篇小说《鹭鹭湖的忧郁》，也得益于茅盾、郑振铎的鼓励与支持。《八月的乡村》《生死场》《没有祖国的孩子》《科尔沁旗草原》《鹭鹭湖的忧郁》等作品刚一问世，便受到茅盾、丁玲、周立波、周扬、乔木、胡风等作家的热情支持与介绍。

周立波在评论舒群的《没有祖国的孩子》时说："他的人物很单纯、直率、勇敢，有着独立的人格，倨傲的心情……对于一切加于自身的和民族的压迫，不能忍耐，这和我们许多同胞对于异族的任何压迫怀着奴性容忍的特性又完全不同，争取解放的中国民族，正需要这样的人物。"[1]乔木在评论《八月的乡村》时说："《八月的乡村》连同它的作者一起到洋场上来了，于是大家就齐声叹服。……中国文坛上也有过写满洲的作品，也有过写战争的作品，却不会有一部作品是把满洲和战争一道写的。……这本书使我们看到了在满洲的革命战争的

---

① 周立波：《一九三六年小说创作回顾——丰饶的一年间》，《光明》1937年第2卷第2号。

真实图画。……凡是这些都是目前中国人民所急于明白的，而这本书都用热烈的笔调报告了出来。"①胡风评论《鸳鹭湖的忧郁》创造了一幅受难者的"凄美动人的图画"。"这不是血腥的故事，但读者依然从这里感受得到满洲大地上的中国农民过的是怎样悲惨的生活。"②此外，像王统照称赞《大地的海》"雄健"③，巴人称誉《科尔沁旗草原》"把科尔沁旗草原直立起来"（见《东北现代文学史料》第5辑第153页），都是中肯的评论，都准确指出了"东北流亡作家"作品的鲜明价值。

对流亡上海的东北进步作家地位的肯定，还与鲁迅先生的直接扶植有着重大关系。鲁迅先生亲切接待萧军和萧红，坚决驳斥了狄克（张春桥）的《八月的乡村》"技巧上、内容上，都有许多问题在""日军不该早早地从东北回来"④的讥嘲，保护了年轻的东北作家。鲁迅先生扶病弱之身为《八月的乡村》和《生死场》作序，并以"奴隶丛书"的名义安排出版。鲁迅先生是把它们作为奴隶们的文学看待的。鲁迅认为，在当时的上海，在中国，就需要这样投枪式的作品，唤醒奴隶们的"麻木的"心，挺直民族的脊梁。

鲁迅先生说："将沦为异族的奴隶之苦告诉大家……不可使大家得着这样的结论：那么，到底还不如我们似的做自己人的奴隶好。"（鲁迅《半夏小集》）这种深刻的国民灵魂的省察和希冀之情，非鲁迅不能言。在为《生死场》作的序的结尾处，鲁迅先生留下了这样一段充满感情、意味深长的文字：

---

① 乔木：《评〈八月的乡村〉》，《时事新报》1936年2月25日。
② 胡风：《生人的气息》，《中流》1936年第1卷第3期。
③ 王统照：《编后记》，《文学》第2卷第8号。
④ 张春桥：《我们要执行自我批判》，《大晚报》副刊《火炬》1936年3月15日。

现在是一九三五年十一月十四日的夜里，我在灯下再看完了《生死场》。周围像死一般寂静，听惯的邻人的谈话声没有了，食物的叫卖声也没有了，不过偶有远远的几声犬吠。想起来，英法租界当不是这情形，哈尔滨也不是这情形；我和那里的居人，彼此都怀着不同的心情，住在不同的世界。然而我的心现在却好像古井中水，不生微波，麻木地写了以上那些字。这正是奴隶的心！——但是，如果还是扰乱了读者的心呢？那么，我们还决不是奴才。

鲁迅先生透过奴隶累累的尸堆，大声喊出了"我们还决不是奴才"。东北作家也在呼喊："我们决不是奴才。"鲁迅先生和他们的心是相通的，这就是奴隶们的心。

在二十世纪三十年代的上海，进步文学的命运是险恶的。在白色恐怖的摧残下，左翼文化艰难地顽强地战斗着，鲁迅先生的内心也是寂寞的。在这个时候，《八月的乡村》和《生死场》来了，令鲁迅先生欣喜不已。他清醒地看到了它们的价值。它们是此刻最急需、最适时的文学作品。它们的价值是极大的。它们像黎明啼晓的雄鸡一样，宣告着全国抗战文学新的一天的到来。

第二章　历史的回顾与沉思

一、雄鸡在黎明的啼晓

"东北流亡作家"一经诞生，就肩负着一个重大的使命。它开掘着一个新的文学疆域，又没有任何现成的模式去照搬，只能走自己的路。这条路便是对"五四"精神的继承和弘扬。他们的创作，鲜明地体现了时代性、民族性和革命性，有一种迈向未来的气势。它紧贴时代，反映现实中的东北社会生活，以再现"人生"为使命，突出"抗日救国"的历史生活本质。这是"东北流亡作家"创作的精神主旨。它及时而深刻地将民族危亡的"唤醒"精神与东北现实生活相统一，体现了"五四"现实主义文学的主流。

"九一八"以前，具有反帝内容的作品虽然存在，但没有形成新文学的主流。"九一八"后，情况有了变化，民族矛盾逐渐上升为国内的主矛盾。新文学的着眼点也发生转移，对于"心的征服有碍"的抗日救亡的主题，从根本上代表了人民大众的意愿，开始成为这时期文学的主流。"东北流亡作家"的创作，紧紧抓住了潜伏于人民心底意识中对祖国命运的忧患，将其与生活的现实结合起来，显示一种"力"之美。它在东北社会生活中，在东北人民的抗日情绪和行动中，找到了表现这种审美历史趋势的坚实土壤。在他们笔下，广大东北农民、学生和普通下层人，占据了作品的中心画面，肩负着民族解放的历史重任，他们的无畏斗争，昭示着中华民族的未来，从而将反帝爱国的新文学主题推进到更高层次。

文学对现实生活的反映，一般有两种形式：一种是被动的封闭型反映，一种是顺承式的开放型反映。"东北流亡作家"的创作，属于后者。这是一种强化式暴露的文学，充满批判现实的战斗精神。

他们的作品，最早向全国人民介绍了日伪统治下东北社会的真相，反映了东北人民当时遭受的苦难，真实再现了当时东北社会具体的历史环境和社会环境，再现了错综复杂的阶级关系，并着重指出，日本帝国主义的侵略，是东北人民蒙受苦难的根源。

萧红的小说《生死场》在表现东北农村在这一背景下的变化方面是很突出的。"九一八"前，封建势力无情地剥削农民的血汗。贫苦农妇王婆卖掉自己唯一的老马，只换回一张马皮的价钱，可就是这样贫困的生活也不能持久。"九一八"炮声响了："宣传'王道'的旗子来了！""村子里的姑娘都跑空了！……一个十三岁的小丫头叫日本鬼子弄去了。""全村也没有几只鸡"，"在'王道'之下，村中的废田多起来"。"王婆追踪过去痛苦的日子，她想把那些日子捉回，因为今日的日子还不如昨日。"日本统治下的"王道乐土"，就是东北农村经济的完全破产，农民在政治上沦为奴隶，在经济上被变本加厉剥削，作品通过王婆、赵三、二里半、金枝这些普通农民悲惨的遭遇告诉世人，他们"到都市去也罢，到尼庵去也罢，都走不出这个人吃人的世界"（胡风《〈生死场〉读后记》）。

罗烽的短篇小说《第七个坑》，描写的是东北社会中另一个触目惊心的镜头。它通过日本兵在沈阳城里野蛮活埋中国平民的悲惨事件，揭露日寇兽行无比残庆。林珏的小说《山城》《锄头》以及其他作家的作品，都真实而犀利地揭露了日伪统治的黑暗。

马加的《寒夜火种》，笔触更深入到最底层的乡村。为欢迎伪满洲国皇帝"登基"而向农民摊派苛捐杂税那一章，写得格外细腻醒目。在村公所由伪村长向农民宣布的税捐有"护路警费、县骑兵团费、迎接日本参事官费、警备工作费、村公所办公费、招待费、修路费、政治工作杂费、报水灾费、春耕贷款费、高等学校的炉火费、制作国旗费"等等。读着这份五花八门、名目繁多的账单，多么令人震惊。它如同一份清晰的图表，真实地道出了东北农村中的阶级剥削关系，道出了东北农民在当时的可悲地位。日本占领者、伪政权、地主共同组成庞大的统治集团，他们互相勾结、互为利用，以日本侵略者的武力为后盾，共同操纵普通农民的命运。这"到处是严冷的寒夜"，这生与死近在咫尺、人民在死亡线上挣扎的景象，正是由民族矛盾已上升为主要矛盾这一东北社会的具体历史特征所涵盖和说明的。

周立波当时评论罗烽说："罗烽大约是身受了或目击了敌人的残酷待遇罢，他常常悲愤地描写敌人的残酷。"[1]这话是对的。不止罗烽，几乎所有的东北作家都自觉地"悲愤地描写敌人的残酷"。因为在这描写欲望的背后，包含着作家毫不掩饰的使命感。鲜血淋漓的刺刀似乎更能说清"王道乐土"的本质。赤裸的直诉式表现，呼唤着作为民族尊严的"人"的复活，震醒更多人已经麻木的民族意识，这正是他们作品现实主义的魅力所在。

值得一提的是，作家们没有孤立地去表现民族矛盾，而是将它放在东北社会的大背景下，表现其矛盾的转化过程，表现民族矛盾与阶级矛盾共存混杂的复杂环境。

---

① 周立波：《一九三六年小说创作回顾——丰饶的一年间》，《光明》1937年第2卷第2号。

端木蕻良的长篇小说《科尔沁旗草原》，勾勒了一幅"九一八"前夕东北社会的阶级关系演变图。以丁宁为代表的地主兼资本家和以大山为代表的农民，围绕土地的占有和分配发生了尖锐的阶级冲突。斗争的结果是，觉醒的农民找到了反抗的道路，而以丁宁为代表的地主阶级和民族资产阶级遭到了失败，更趋腐朽颓废，终于沦为依附于侵略势力的走卒。《寒夜火种》侧重表现民族压迫与阶级压迫的畸形混合物在沦陷区农村的猖獗状态。《生死场》则不只是在政治、经济方面再现东北农民的无地位处境，而更偏重他们的精神方面，揭露传统的封建力量怎样造成东北农民精神麻木，控制他们不幸的命运，从一个侧面反映时代的特点。

　　女作家萧红在描写家乡及童年生活的一些作品中，对这种封建鸦片对东北人民精神的毒害、禁锢，揭露得酣畅淋漓。强烈的批判力，充满哲理的深邃的社会思考，令人叹为观止。这些，隐含在略含忧郁感情的语调中，通过细致有力的笔法，巧妙安排的人物命运，引起读者深深的同情和长久的思索。纯洁善良的翠姨（《小城三月》）怀着对自由婚姻的憧憬怅惘离人世而去；贫苦的学生王亚明（《手》）怀着求知的渴望忍痛离开学校；农村妇女金枝（《生死场》）在男权的蛮野摧残下艰难地寻觅一条存活之路；《呼兰河传》中的小团圆媳妇，这个壮实的少女，与其说死于婆婆的折磨，不如说死于另一个无形的婆婆——封建礼教对精神的摧残。在东北漫长的封建社会里，一代又一代的人先忙于生，又忙于死，在桎梏般的封建经济模式中，他们的精神也处在一种封闭、麻木和保守的状态，令人感到窒息。这是一个多么荒蛮又真实的现实！萧红对封建枷锁对于人性的摧残，对于人的精神的束缚和使之产生变态的揭露，力透纸背。但就在这样长期处在封建专制下的畸形现实中，读者仍能看到许多不屈服的心，感受到东北人民的抗争和呼喊。虽然它的声音是那么微弱，但它毕竟存在，而且代表着一种新的方向。这种理想追求的火花，像寒夜的火种、黑夜的灿星，象征着东北的未来。这种心灵的复苏和觉醒，被作品敏锐地捕捉了。认识"东北流亡作家"创作总体的美感特征，实质上就是从审美的角度来提示其作品中"意识到的历史内容"，就是把握作家所处的那个具体时代生活的本质。列宁说过："如果我们看到的是一位真正伟大的艺术家，那么他一定会在自己的作品中至少反映出革命的某些本质的方面。"（列宁《列夫·托尔斯泰是俄国革命的镜子》）东北作家忠实于他们所体验到的生活，他们用现实主义的创作方法，真实地表现着周围生活的本来面目，客观上道出了当时东北社会的本质特征。这使他们的作品成为认识那个时代的最真实的一面镜子。

二、民族魂魄的升腾

一种文化，一旦转化为民族的某种传统，成为民族文化精神的某种象征，在它的血液中存在、流淌，那么，它就会沉淀在民族历史的长河中了。它将化为民族躯体的一部分，永久地保存下去。

在东西方文化的互融中，一些带有本民族鲜明个性的文学作品，必然会有更大的发展前途，更会走向世界。"东北流亡作家"创作的历史内涵，正是在保持中华民族的文化精神，促进与世界文化交流的方面，独放异彩的。

东北作家的创作，特别突出了中华民族自强自立、反抗侵略的传统性格。这个民族性格最深的底蕴，是中华民族之"魂"。

俄国评论家别林斯基说："人首先是民族的人。"东北作家的创作，不是一般意义上的东北特异民俗风情的展览，而是结合当时东北特定的生活内涵和历史脚步，突出描写大写的东北"人"。

在作家的笔下，鲜血的背后是痛苦的反思，苦难的遭遇导致了反抗。民族矛盾和阶级矛盾不断激化的结果，必然是东北人民反抗加剧，终于形成汹涌的民族解放的洪流。

在他们的作品里，走上反抗道路的人物可以说比比皆是。有在阶级与民族双重压迫下较早觉醒的农民大山（《科尔沁旗草原》）、陆有祥（《寒夜火种》）、井泉龙（《过去的年代》）、李青山（《生死场》）；有活跃在抗日游击队伍里的坚强战士陈柱、铁鹰（《八月的乡村》）；也有犹豫动摇逐步觉醒的农民，像胆小谨慎的二里半，外号“好良心”的赵三（《生死场》）。人物的性格和身份也是多种多样的。有温和善良的老伯母（《生与死》），有泼辣爽快的猎户女儿水芹子（《浑河的急流》），有受辱而不屈的农妇李七嫂（《八月的乡村》），有参加东北人民解放斗争的外籍战士安娜（《八月的乡村》）、朝鲜孩子果里（《没有祖国的孩子》），有土匪煤黑子（《遥远的风沙》）、年轻女学生春兄（《科尔沁旗草原》）、知识分子萧明（《八月的乡村》）等各色人物。他们身份经历不同，音容笑貌各异，却涵盖社会受压迫的各个层次，显示了东北人民反抗的广泛性。如果抛开他们各自不同的出身、性格，当初反抗时内心的不同初衷、采取的不同方式，我们完全可以感受到一只无形的手的操纵，这就是时代。正是东北严酷的现实、周围的环境迫使这些人物走上反抗之路，附加给他们这种时代性格的。

在描写这一点上，作家们往往是很细心很有分寸的。他们没有泛泛地停留在反抗的表象叙述上，而是力图由此及彼，深入反抗行为的具体内容中，提示它所具有的历史精神的象征，特别是注重表现东北人民忍耐的韧性和高昂的民族气节。这些默默无言的东北农民，无声地与命运进行抗争，随时都可能在摧残中倒下，又总是顽强地活过来、屹立着。这不屈服的韧性，也是中华民族性格的象征。

作家们表现东北人民内在的爱国思想和民族气节颇为精彩。舒群的著名小说《没有祖国的孩子》，通过对两个孩子的爱国心情的细腻描写，反映蕴藏在东北人民心底的真挚爱国情感。他们渴望自由，日夜盼望祖国旗帜升起的那一天。它通过孩子们的心理，通过孩子们对"祖国"的期盼，提出了一个意味深长的问题："失去祖国的人们，会有怎样悲惨的命运？"深刻的时代主题，崇高的民族气节，使它拨动了人们的心弦。恰如周扬评价的，它"表现出过去一切文章作品中从不曾这么强烈地表现过的民族感情"。端木蕻良的短篇小说《爷爷为什么不吃高粱米粥》里，描写了一位在"九一八"周年祭日坚决不肯吃高粱米粥，以绝食的方式表达心中抗议的老人。文中主人公引用南宋著名诗人陆游的诗句："遗民泪尽胡尘里，南望王师又一年。"悲壮深沉的爱国主义情愫，出自一位老人，意义深远。此外，像马加的小说《家信》、林珏的小说《不屈服的孩子》、李辉英的小说《乡愁》、舒群的长诗《在故乡》，都仿佛异口同声诉说着亡国的悲与苦，爱国恋乡的情与愁，缠绵动人。

萧军的短篇小说《樱花》，设计了这样一个情节：女儿丽丽要从哈尔滨到天津去，临行前父亲一再叮嘱："你们这是回国去呀！咱们是中国人！……不准再说'满洲国''满洲国'的，这要叫人耻笑。要说你们是从东北来的。……东三省是日本兵用刺刀大炮强夺去的。"这里的每一句嘱咐，都有它特定的内涵。它出自当时东北特殊的环境，处处体现了东北同胞特有的心理活动和身份语气。他们铮铮的民族气节，不甘做"满洲国"人之心理，已跃然纸上。可以说，正是这种强烈的民族情感，构成了"东北流亡作家"救亡文学的内核。

在表现这种情感时，"东北流亡作家"十分注意对普通人物精神层面的追踪与刻画。他们注意通过人物的命运表现人物的性格，写出他们精神觉醒的渐变过程，这种视角的递进是使人很感兴趣的。

这些作家很善于通过人们的常态生活，通过最细微的举动和心理变化，塑造人物性格。在《八月的乡村》里，青年农民唐老疙瘩即使是在生死攸关的战场上，也依然那样惦念情人，心内的犹豫和矛盾写得精细入微。另一个青年农民田老八，虽也萌生了抗日的念头，但他躺在炕头上思忖时，却由于"孩子太小，老婆太可爱"而想先"等一等再说"了。

小说《生死场》里关于农民二里半去抗日，有一段精彩的描写。他无家无业，财产只有一只老山羊。他只有杀掉这只羊，这唯一的牵挂，才会决心抗日。二里半要杀羊了，他的刀"举得比头还高"，落下来却没有碰到羊，而"砍倒了小树"。当"老羊走过来，在他的腿间搔痒"时，他终于失掉了最后的勇气。他把羊托给邻人照管，恋恋不舍地去了。在抗日的路上，他的步子是多么犹豫，可谓一步三回首。萧红通过二里半将刀"高高举起"又无力地落下来这个细节，入木三分地刻画了东北农民走向反抗时的特点。他们受自给自足的经济地位和小农生产的束缚，依恋家庭、土地、牲畜，反抗是犹豫的。这是在沦陷初期大多数东北农民内心波动的真实写照。作品既提示了东北农民共有的反抗的愿望，提示他们迟早会走上反抗道路的必然归宿，又表现了他们内心矛盾着的两个方面，表现在抗日风暴刚降临时对抗日态度的双重性，从而准确再现了东北农民在特定历史环境下独有的性格特征和思想发展轨迹，也表现出作家对现实中的农民命运的思索。罗烽的小说《第七个坑》中，鞋匠耿大在日本鬼子的逼迫下一连挖了六个坑，埋葬了自己的同胞（甚至包括自己的舅舅）。这时，他是退让忍耐的，他还没有胆量和敌人做面对面的斗争。可当他得知自己挖的第七个坑正是为自己预备下的时，才终于觉醒而反抗了，毅然用军锹劈向了敌人的脑袋。这个情节反映了城市平民在刚沦陷时普遍的恐惧、麻木、忍受的心理状态，是合情入理的。

耿大的反抗虽然到得迟些，却肯定会出现。这个情节巧妙地将个人反抗与民族解放这两个层次有机联系起来，深有寓意。这种对东北的"人"的认识和内心层面的开拓，包含着丰厚的历史内容，不仅读来可信，也是作品现实主义的归宿。

一部优秀的文学作品，正是通过对普通人的生活、命运、心灵的观照、透析，去发现深藏于人民心底的历史审美潮流的。正像俄国评论家杜勃罗留波夫说的："衡量作家或者个别作品价值的尺度，我们认为是：他们究竟把某一时代、某一民族（自然）追求表现到什么程度。"（杜勃罗留波夫《黑暗王国的一线光明》）而一个民族的作家，当他以本民族特有的感情方式、审美方式去表现本民族的历史、生活；当他的创作与本民族的审美情感趋于一致，与人民的心灵息息相通时，他就成了时代的作家、人民的儿子，他就会创作出优秀的不朽篇章。

"东北流亡作家"的创作，在对中华民族之魂魄的认识与准确把握上，有一种惊人的穿透力。中华民族的传统性格中，有一对矛盾的东西：一方面，它承袭了中国传统文化中的某些消极因素，表现为封闭、自得、以自我为中心的体系。推崇中庸之道，倡导温和、不过激，肯定现实的存在，不愿抗争。这属于一种自我调节型的、弱化矛盾的性格。另一方面，中华民族历来富有反抗传统，在邪恶力量面前正义凛然，宁折不弯的英雄性格成为其主流。这两个不同的方面，我们在"东北流亡作家"的创作中都可以明显感觉到。他们既历史地承受民族传统文化的负担，又勇于直面人生，对民族的性格进行解剖，在社会生活和民族心理矛盾的选择中，认清了民族性格孱弱的一面，努力表现一种立体而丰满的民族性格。他们继承传统，又敢于突破传统；忠实于现实，又带有一种历史的超前意识。正因为如此，他们作品的精神气质便显得丰厚而复杂，不仅有鲜明的时代感，而且灌注进悠长的历史意识，留下历史延续的痕迹。他们以宏阔的历史视野，表现一个民族深邃悠远的历史，展示民族的悲剧性的英雄力量。这些，便构成了"东北流亡作家"的精神内涵。

三、作家个性力量的深层掘进

当你欣赏一部文学作品时，最感兴趣的就是这艺术产生的奥秘了。这样澄澈的艺术之泉，究竟是怎样从作家的笔端涓涓流出的？作家的创作活动，真像一个神秘的王国。艺术形象的魅力不仅来自生活，也来自作家丰盈的艺术个性。

文学作品是直接作用于人的心灵的。它以阅读的方式直接调动读者的感官，产生审美体验。所以，它能表现人类的心灵活动和特征，表达作家主体的情感体验。这种来自作家主体的艺术个性，洋溢着不可遏阻的艺术生命力，以强大的内在力量去感染和征服读者。读者的"心"被感动，实质上就是被作家的个性力量所征服。

"东北流亡作家"的创作，从总体上来讲，显示了这生机勃勃的个性力量。它有两个突出的特色：及时地反射时代，与作家个人的生活经历相结合。

从他们的作品里，时时可以感受到一种鲜明的时代气氛。作家内心涌出热爱生命、热爱人民的感情，唱出创作个性向时代深层掘进的和谐之音。

鲁迅先生在评论《八月的乡村》时说："作者的心血和失去的天空，土地，受难的人民，以至失去的茂草，高粱，蝈蝈，蚊子，搅成一团，鲜红地在读者眼前展开。"（鲁迅《田军作〈八月的乡村〉序》）提示的就是这种时代的回音。萧红在《生死场》里，展示农民们宣誓抗日的典礼时写道："哭声刺心一般痛，哭声方锥一般落进每个人的胸膛。一阵强烈的悲酸掠过低垂的人头，苍苍然蓝天欲坠了！"这民众悲壮的哭声，回荡着时代精神的旋律。马加流亡北平时写的小说《家信》，酣畅地抒发自己思念亲人的情怀，他想象着弟弟

"还像从前一样的活泼吗？他仍是跑到青草地上跳跃吗？现在家乡又是一度的春天了，虽然北国的气候比较晚，我相信整个东北平原上都已变成一片青青的颜色了……这时候我的弟弟便唱起歌儿来，他的声音是那样的轻，一派醉人的音节在草原上微微地激荡着，他那天真的灵魂完全被大自然的力量所融化了。……他不晓得有许多田地都已荒废了"……

读着上面的描写，读者的心会不由自主地被感染，你能说清这是作家艺术气质的征服，还是时代气息的感染呢？大概只能说二者都有或是二者的混合。无论"失去的天空，土地"，还是"茂草，高粱，蝈蝈，蚊子，搅成一团"，无论是"低垂的人头，苍苍然蓝天欲坠"的图景，还是"故乡的青草又绿了吗"，弟弟在草地上轻轻歌唱的美好又不无伤感的遐想，都是作家捕捉到的内在生命力很强的自然景物，它们掺进了作家充沛的创作个性，混合着激情，蕴含着时代背景的潜流，构成了某种动人的魅力。

一个有才能的作家，他的艺术个性常常被感情色彩所着色，而他的感情也常常处于一种准备着的状态。当外界的生活一旦触发这感情活动的某个链条，激发出创作的欲望时，他的创作个性便充分显现。一个作家最熟悉、感情积淀最深厚的一段生活也往往是他艺术准备最扎实的一段。以此为舞台的作品，往往最能显出他的艺术个性，是他毕生创作的精华和高峰。

"九一八"以后，"东北流亡作家"的创作之所以能如开闸之水，一泻千里，似长河经地，任情奔流，显示出总体旺盛的创作个性，答案就在于他们当时经历的具体生活感受。他们的作品，产生在他们个人生活体验最扎实、最深厚也最动情的一段。

这些作家都是东北人，从小生活在东北，与东北当时的社会生活有着紧密联系，许多作家对沦陷时期的日伪统治又有亲身体验。萧军、萧红、舒群、罗烽等都在敌人占领下的哈尔滨生活了较长一段时间后才离去。马加、李辉英、端木蕻良都是在入关后又一度返回东北，重新补充和体验生活的。这种生活体验是极为宝贵的。更重要的是"九一八"带来的屈辱悲愤的感情创伤和由此而来的流亡生活的经历和感受。当他们抛别家园、诀别亲人时；当他们尝着亡国的滋味，亲眼看到东北城乡一步步沦为畸形殖民地状态的事实时；当他们在关内辗转奔波，触目尽是国民党的不抵抗政策，很多人仍旧在那里醉生梦死，对关外的枪炮声不闻不问时，他们该是怎样一种心情啊！他们体验着怎样的感受哇！正像罗烽形容的："我不过是一只被灾荒迫出乡土的乌鸦，飞到这'太平盛世'，用我粗糙刺耳的嗓门，把我几年来积闷的痛苦倾泻出来。"这悲愤忧郁的心境，独特的流亡经历，浓重的感情色彩，是当时关内的作家所不具备的。对这些二十多岁的年轻人来说，跌宕多姿的动荡生活，哪怕是一两年，也足以抵上平平淡淡的一二十年光阴。它伴以作家不拘常套的笔致，形成自己独特的面貌。

第三章　令人战栗的艺术之魂

一、一种独特的"回忆文字"

"东北流亡作家"最著名的作品，都是作家流亡到关内以后依靠对东北往事生活的回忆写成的。"回忆的文学"构成了他们创作艺术风貌的一个鲜明特色。

文学创作中这种"回忆"的特点，本是作家在创作活动中所共有的，但在"东北流亡作家"身上，又呈现独特的面貌。这体现在，作为他们亲身经历的一种生活片段来说，确是过去了，但作为一种现实的生活运动，特别是作为一种感情的积淀和回味，它并没有过去，而是仍在继续进行中。当作家在关内创作这些作品时，作品表现的那种生活和东北人民的抗日斗争，还在那里如火如荼地进行，作家的感情在延伸、激荡，随着生活的沉思而升华，产生更大的感召力。作家把自己经历过的一段历史生活，把这往昔动态的生活，表现为自己作品的静态存在形式，但总的生活仍处在运动和发展中，使作家对这种生活的体验和"回忆"，也处在不断的补充和发展中。

中外许多优秀作家在创作时，把体验到的历史生活以作品的形式最终呈现出来，一般要间隔长短不等的时间。德国诗人海涅在他的

《论"爱祖国"》中说："春天的特色只有在冬天才能认清，在火炉背后才能吟出最好的五月诗篇。"他形象地道出了一个文学创作的规律，即作家虽然深入生活，但对生活的认识并非轻而易举，他往往不能立即准确地认清生活所包含的全部价值，还需要经过一个再思考、再认识的过程，即"回忆"的过程，对头脑中"记忆的形象"再创造，对沉积的感情再体验、揣摩，写出的东西才能更动人，才能更深地挖掘和表现出生活的本质。

作者对事物本质的认识逐步深入，他头脑中原有的"记忆的形象"也在相应地发生变化，从而使作者把客观事物描述得更鲜明、更逼真。黑格尔把记忆现象看成艺术创作活动中一个不可缺少的因素，一个重要的环节。他说：

> 这种创造活动还要靠牢固的记忆力，能把这种多样图形的花花世界记住……艺术家必须置身于这种材料中，跟它建立亲密的关系。（黑格尔《美学》）

艺术家置身于现实世界的丰富材料里，和它们建立亲密的关系，依靠什么去联系呢？只有记忆。对于作家的创作来说，回忆并非完全被动的心理功能，而是一种积极的、创造性的思维活动。由于时间的间隔，这种记忆和作家的艺术想象力已充分地糅合起来，形成一体，创造出更完整、更美妙的艺术花朵。著名戏剧家斯坦尼斯拉夫斯基说过：

> 时间是一个最好的过滤器，是一个回想和体验过的情感的最好的洗涤器。不仅如此，时间还是最美妙的艺术家，它不仅洗干净，而且还诗化了回忆。由于记忆的这种特性，甚

至很悲惨的现实以及很粗野的自然主义的体验，过些时间，就变得更美丽，更艺术了。（斯坦尼斯拉夫斯基《斯坦尼斯拉夫斯基全集》）

"东北流亡作家"的创作正是如此。作品所表现的东北社会生活，依旧是那么严酷、悲壮、凝重，交织着血与泪的呐喊，但读者心灵所感觉的，却是艺术美的陶冶。可以说，作品已不是原来生活的简单描摹，而成为作家记忆中的"生活"了，它已经被作家"诗化了"。它来自生活的真实，又高于生活的真实，它已包含作家本人对未来的憧憬，对东北光明前途的信念，它已糅进作家相当大程度的关内生活的感受。因此，这已变成一种被心灵化、诗化，更趋真实的东北生活。

端木蕻良写《科尔沁旗草原》时已经成年。那书里的一草一木，平坦的大野甸子，密密的柳树茅子，却都闪耀着他对童年和少年时期的故乡生活的难忘的回忆。马加的《寒夜火种》以及晚年的长篇小说《北国风云录》，充满辽河套风光的迷人气息，也因为他从小就在这里成长，幼时的记忆一直深深地影响着他。李辉英在散文集《乡土集》里，更是充满深情地回忆故乡偏僻的小村金家屯。冰雪隆冬，"骡子、马的唇边和胡子尖上，全都挂了一重重的白霜""车夫的鞭梢永远甩得又响又脆""划破辽阔的空际"。他回忆雪天怎样捕麻雀，回忆和孩子们怎样偷摘黄瓜、烧毛豆，似乎有说不尽的趣事。这些回忆性描写在"东北流亡作家"的作品中是常见的。一个真正的艺术家，无论他走到哪里，经历怎样坎坷的生活，即使到古稀之年，他那童年的回忆，特别是童年的情绪记忆依然不泯，它往往渗透在他终身的创作中，影响着他作品的风格特色。

最能证明这一点的便是萧红了。她的小说《生死场》《呼兰河传》《小城三月》，都深深地印上了作者童年记忆的烙印，成为被"诗化了"的"回忆文学"。那北国呼兰小城的风光，独特的气息，那倔强的冯磨倌，笑呵呵的最后被折磨死的小团圆媳妇，以及月英、外祖父……他们一个个笑着、哭着、喊着，向我们走来。他们的命运深深地打动了我们的心。由于间隔了一段时间再回忆旧有的生活，萧红作品中的这种感情色彩格外强烈，像涂上一层金色的光晕，光彩照人，焕发萧红鲜明的艺术个性，看看《呼兰河传》的"尾声"一段：

> 那园里的蝴蝶，蚂蚱，蜻蜓，也许还是年年仍旧，也许现在完全荒凉了。
>
> 小黄瓜，大倭瓜，也许还是年年种着，也许现在根本没有了。
>
> 那早晨的露珠是不是还落在花盆架上，那午间的太阳是不是还照着那大向日葵……

萧红仿佛已沉醉在对故乡的无限遐想和思念中了，信笔写下对故乡怀念的抒情诗。这里面有一股淡淡的乡愁，更多的是对家乡的热爱、对未来的憧憬，闪耀着作者心底对美的追求。许多人爱读萧红的作品，惊叹她的艺术才能，岂知这种在孩提时期就形成的强烈的情绪记忆的特色，才是构成其独特风格的基础。这种"回忆文学"情真意长，有着永久的魅力。

稳固的形象记忆，与作家储存这记忆时的感情体验，有着一种明显的正比关系。情感记忆的体验愈深，形象记忆愈牢，反之亦同。"东北流亡作家"虽在"九一八"后流亡到关内，脱离了东北生活，但由于失去家园的痛苦，恨不抗日的忧愤和关内生活的种种刺激，一直在情感上加深和丰富他们对故乡、对童年生活的记忆，其细节的丰富和新鲜，珍藏于心，历久不衰，而且更浓更重了。端木蕻良在谈到他写作《鴜鹭湖的忧郁》时说："在小说中，我写的景色，也都是当时当地的借景，故事也是按照那儿曾经发生过的事情来写的，因为我受到感动。而现在想来，也依然使我感动。"①这里关键的，正在于他"受到感动"，现在"依然使我感动"。充沛的感情的土壤培育出光艳的形象记忆之花，真使人赞叹。

二、感情法则的力量

从生活真实到艺术真实的创作过程中，作家内心充沛的感情因素占有重要地位。恰如列夫·托尔斯泰说的，艺术即是"有意识地把自己体验过的感情传达给别人，而别人为这些感情所感染，也体验到这种感情"（列夫·托尔斯泰《艺术论》）。

艺术形象的创造，从审美对象到审美感受的转化过程，离不开作家主体情感的物化。艺术情感，既合乎生活的常识逻辑和理性，又应该不完全合乎生活的逻辑和理性。情之所至，无所不至，有些在生活常态中显得荒悖的，在艺术作品中却使人感到分外真实。这里关键的是情感共鸣。当作家的情感"移入"读者的内心时，往往会激发读者产生同样的情感。他们在重感情交流的某一点上互相沟通，从而发生"共同情感"。"东北流亡作家"的作品，所以能在当时产生那么大的影响，获得好评，就是因为在爱国忧民、民族救亡的忧患意识上，与广大读者相通了，使读者内心深处触发了"共同情感"。这种"共同情感"的触发，有以下两种方式。

---

① 端木蕻良：《〈端木蕻良小说选〉自序》，载《端木蕻良小说选》，湖南人民出版社，1981。

1. 朦胧渗透式

渗透，即是作家借助艺术想象力和艺术表现手段，把自己对客观对象的独特感受转化为一种生气勃勃的情感，自然化地灌注到对象之中，使之更加鲜明和强烈。客观对象在这一过程中变成了富有情感气质的生命载体。可见渗透是通过移情作用来实现的。东北作家这种感情的朦胧性和其对读者的渗透作用，往往也引起读者朦胧的感情的回波。

前面列举过萧红《呼兰河传》中"尾声"的一段。那小黄瓜、大倭瓜，那早晨的露珠、午间的太阳，均纳入作家的遐想和追忆中，无疑传达着某种情愫。它使我们想到了什么？似乎谁也说不上来，又似乎谁都能说出点什么：是联想到了自己的家乡，自己的童年生活，还是联想到萧红的身世和命运而叹息，也由此陷入某种遐想之中？读者的感受回波是模糊的、朦胧的、因人而异的，但有一点是确定的，它和作者的内在情感已在不知不觉的渗透中互相连通了。再看看作家李辉英的散文《故乡的思念》中的一段：

> 爷爷死后，增加了我对他的思念，正如我离开家中愈远，愈容易想到故乡一样。在我的心目中，从儿时直到中年，甚而到了老年，一直会认为金家屯是最美丽的屯子，金家屯是一首最完美的诗。……当地的山歌，尽管粗鄙，却永远生根在我的心田里。不但"月是故乡明"，连故乡的太阳也比别处更温暖。故乡的山坡，故乡的羊群，故乡的河川，故乡的谷田……这些，那些，不知不觉在午夜梦回时，勾出来沉重的相思。

这一段和前面列举的萧红的一段，异曲同工，传递共同的思乡心曲。作家们捕捉的，都是形象感很强的生命体，像小黄瓜、大倭瓜、午间的向日葵，像粗鄙的山歌、山坡、羊群、月亮。作家将富有个性情感的充沛的"内驱力"灌注进去，使客观对象转化为饱含象征意义的"故乡"的代名词。在读者阅读欣赏的过程中，作者的感情便随着具体的艺术形象不知不觉潜入读者心田。像润雨悄悄渗进土壤，悄悄地孕育新的生命。同时，由于作家仍处在漂泊流亡的生活状态，现实的感受使这怀乡情感更为充沛，更加难以遏止，一旦表现出来也更动人。这种渗透式的感情传递方式，是很有艺术感染力的。

2. 汹涌发泄式

作家头脑中的形象记忆的表象，可以由于作家处在新的环境和心理状况而发生变化。它与新的记忆的表象结合，会带有更鲜明的感情色彩。随着岁月的磨砺，随着作家对生活理解的深入，它储存得更深，而表现出来却更为强烈了。作家的感情得到理性的加强，所以变得更有深度和广度了。

流亡关内的东北作家，身逢乱世，颠沛流离，内心的忧愤苦不堪言。在新的社会生活环境中，他们的思想感情变得格外强烈奔放。理想更加明确，歌喉更加嘹亮，浪漫主义的气质更加引人注目。感情赤裸裸的汹涌发泄，成了他们创作中感情表现方式的又一个重要特点。

穆木天在《我的诗歌创作回顾》中痛心疾首："东北的民众是天天在那里遭屠杀。收音机里天天扔炸弹在他们头上。大炮天天向他们轰击……那么，我们诗人的心又该怎样了？"他觉得自己已深陷于苦闷和忧郁中。焦灼的心境已无法平静，只有把心底的情感，把东北同胞受苦难的现实，"在诗里，高唱出来"，似乎才能达到心境的平衡。他决心"低下头看这被压迫的民众……写尽他们的悲凉"（穆木天《写给东北的青年朋友们》），诗人唱道：

朋友，时间一天天地到来，

朋友，人间的努力要把人间的命运更改。

朋友，不要再做被压榨的工具啦，

朋友，对于我们的敌人要武装起来！

（穆木天《又到了这灰白的黎明》）

八一三事变后的第三天，他在《全民总动员》中写道：

大地上，今后要充满被压迫的民族咆哮，

现在，要收复东北，直捣强盗老巢，

怒吼吧中国，现在是时候已到！

在《寄慧》中，诗人的情感更加强烈：

慧！请你叫立立大喊一声吧：

"爸爸！给我多吃一碗饭，

我一个人也要打日本鬼子去！"

这样直抒胸臆的汹涌奔腾的感情气氛，只有深沉的诗人才能脱口而出。轰动一时的"朗诵诗人"高兰，以及剧作家塞克，都是"东北流亡作家"中放歌呼喊型的旗手。高兰的诗《我的家在黑龙江》《哭亡女苏菲》，都有豪放的浪漫气质，抗战时期曾在内地大众中间广为传诵。"起来，在铁蹄下的中华民族"则是塞克的《东路线上》的鲜明主题。在他传播很广的剧作《流民三千万》中，升腾着民族精神：

殷红的血映着火红的太阳，

突进的力，急跳着复仇的决心，

我们是黑水边的流亡者，

我们是铁狱里的归来人。

暴日的铁蹄踏碎黑水白山，

帝国主义的炮口对准饥饿的大众。

青天已被罪恶的黑手撕破，

长空飞闪着血雨腥风。

…………

　　词句何等凝重、有力、奔放！三千万东北同胞的心，似急骤的鼓点、激昂的旋律，敲击着更多中华儿女的心。这种"怒吼吧中国"式呐喊，庄严雄浑，给人以一种崇高悲壮的美和历史责任感的催促，宣泄着一种阳刚奔放的感情。

　　具有同样风格的，还有舒群的长诗《在故乡》、马加的长诗《火祭》等。它们的感情基调相近，语言铿锵有力，节奏短促明快，思想激进直露，奔泻而下的感情洪流，给人留下强烈的印象。

三、浓郁的地域色彩

　　许多"东北流亡作家"都以对乡土的深厚感情，描绘着东北所独有的自然环境、风土人情。奇异的北国风光，醇浓的乡土气息，成了他们作品分外引人的地方，在几部最优秀的作品中尤为出色。

　　在东北的北满，奇寒的天气、冰封千里的大地，组成了一种东北式独有的面貌，这是东北的冰雪画卷图。《呼兰河传》开篇，这样描写：

> 严冬一封锁了大地的时候，则大地满地裂着口。从南到北，从东到西，几尺长的，一丈长的，还有好几丈长的，它们毫无方向地，便随时随地，只要严冬一到，大地就裂开口了。
>
> 严寒把大地冻裂了。

短短几句，通过大地的裂口描写，把东北冬季的奇寒气候特征表现出来。再看对冰雪风貌的描述：

> 我的家乡人全知道，不到来年春二三月，就是太上老君搬弄道法，也驱不散雪白的山河。
>
> "大雪"的节令一过，河河汊汊全都结了冰，那些坚冰，牢牢地封了河面，封了江面，也封了湖面，日日夜夜加厚了冰层，十天半月之后，重重的冰面上，可以撑得了两吨重的汽车。（李辉英《冰雪·隆冬·严寒》）

一冬不化的皑皑白雪，厚厚的冰面，都是东北特有的景象，甚至连春的气息也和别处不同，带有东北的特点。它来去匆匆，那么短促：

> 当冬天的雪水还没有完全流干，就要算为夏天的季节了……
>
> 在昨天看起来还是一棵完全光秃着枝条的白杨树，在今天它们已绽出了金色小芽芽，到了第三天，那些嫩绿色的小

叶，像人剪贴上去似的，就在风中颤抖着了……（萧军《过去的年代》）

　　作家描绘的景象不仅具有鲜明的东北地域气息，而且夹带着自己儿时的体验，包含自己对这景色的特殊感受。许多作家，十分注重对东北农村的种种习俗、农民的封建迷信活动的描写，像跳大神、扭秧歌、逛庙会、放河灯。《过去的年代》中地主杨洛中的庆寿，《寒夜火种》中阴阳先生口中不紧不慢的迷信谚语，以及萧红对呼兰河上放河灯那一段绘声绘色、欢悦抒情的描写，等等，都采自东北下层群众的日常生活，织成一幅幅生动的风俗画，再加上作家恰当地运用了生动的地方化语言，更给作品增添了特殊的艺术魅力。

　　作家笔下对东北地域色彩的描写，并非纤巧曲致的田园诗，它涵盖丰富的社会内容，反映时代的生活，与单纯的乡愁之作迥然不同。透过地域特色的重彩描写突出作品的时代精神，这是"东北流亡作家"创作中地域特色设计中的着眼点。

　　在马加的《寒夜火种》里，当青年农民陆有祥从沈阳逃回家里时，他的家境已是这样的贫寒：

　　靠着房门口是一处锅台，灶坑口堆着一摊软软的秫秸灰，厚厚的，仿佛是积了很长的时间。另外有些格茏粪屑塞在粪箕子里……

　　冷风阵阵吹着窗户缝，微弱的油碗子灯不住地跳动，时而照到炕上，麻花花的破炕席，时而照到墙上挂的牲口套，还有半簸箕子糁子，遮在大梁的黑影底下，看不大清楚。房墙和窗纸都挂着霜，给人一种冷森森的感觉。

这是"九一八"以后日伪统治下，一个普通东北农民家境的真实写照。靠着房门口的是锅台，炕上有"麻花花的破炕席"。"冷风阵阵吹着窗户缝""房墙和窗纸都挂着霜"。这些描写都捕捉着东北农村房舍的具体特征，它是那么寒酸，生动地凸现着一种时代的气氛，而造成这样贫窭状态的社会原因已尽在不言之中。正因为如此，陆有祥才一针见血地说出了这种生活的实貌："自从有了'满洲国'，光官钱这一项，穷家小户就受不了。"穷庄稼人"还活不活呢"？时代背景和地域气息，已经浑然一体了。

"东北流亡作家"的语言一般都带有鲜明的东北地方气息，很多作家直接运用东北农民的口头语，也颇为作品添色。试想作品中这一幅幅斑斓奇壮的场面吧：瑷珲边城的乡俗，呼兰小镇的风采，科尔沁草原的农民斗争，辽河岸庄稼人的困窭岁月，遥远风沙里土匪的枪声，兴安岭密林深处的抗日红旗，松辽平原上漫卷的风雪，哈尔滨街头饥饿青年的跋涉……阅读着这些，仿佛也置身于北国的土地，为那迷人的景色所诱惑，为那受折磨的同胞而神伤，更为他们的希望而祈福。掩卷之余，思绪犹存，新鲜的体验令人回味。

四、力之美，神之美

总体把握"东北流亡作家"的创作，我们会发现这样几个艺术特征：第一，作品的色彩大多以灰、褐色为主，色调偏冷，和东北压抑的时代、环境相吻合。第二，作品镜头的运用较为缓慢，近距离透视现实中的东北生活，给人一种真切感，从心理和视觉上主动拉近与生活的距离。第三，作品强烈的感情力量和对美的追求，焕发一种雄浑昂扬的力之美，中华民族的魂之美。

端木蕻良的小说《大地的海》中有一段关于东北土地的描写，很能说明这种力与魂的美：

> 假如世界上要有荒凉而辽阔的地方，那么，这个地方，要不是那顶顶荒凉、顶顶辽阔的地方，至少也是其中最出色的一个。

> 这是多么空阔，多么辽远，多么平铺直叙，多么辽阔无边呵！一支晨风，如它高兴，准可以从这一端吹到地平线的尽头，不会在中途碰见一星儿的挫折的。倘若真的，在半途中，竟尔遭遇了小小的不幸，碰见了一块翘然的突出物，挡住了它的去路，那准是一块被犁头掀起的淌着黑色血液的泥土。

这一望无际、荒凉辽阔的是什么？这"淌着黑色血液的泥土"是什么？它就是东北的土地，它就是东北的历史、东北社会和文化沉淀的象征！作家们赞美它，怀着对母亲的爱表现它，使你对这块土地产生某种崇高壮美的情感。这是一种将强烈的民族感情、深厚的历史内容、鲜明的时代精神交融在一起的混合的美。

荒漠的原野，冰雪覆盖的北国世界，日寇的蹂躏，人民心底的悲歌，这一切在东北发生存在的东西，被赤裸裸地表现出来了。这些代表不同内容的意象一旦糅合在一起，汇合成活动着的现实时，其冷酷而深邃的意义，就已从平常的生活上升到历史的内容了。普通的东北民众就是在这样的历史生活里前进着，他们脚步踏实，勇敢无畏地抗争着，使人震惊。

在这片殷实苍茫的土地上，无声无息地流淌着东北人的血液。它悄悄渗进土壤，催生时代之蕾的开放。一代又一代默默无闻的东北人，挺起了倔强的脖颈。这是东北有史册记载以来有过的悲凉雄壮的场面吗？这已不只是一种艺术意义上的美，而是一种民族精神的美，一种历史意义上的阳刚之美了。这美的诞生，代表着对东北人民魂魄的透视，代表着一个在历史行进中不断自我完善和成熟起来的英雄民族。弘扬这种美，从根本上合于中国文化精神的主流，合于中国文化传统的优秀审美标准，它对中华民族精神的呼唤和推动，价值是永存的。

在"九一八"炮火的硝烟刚刚散去之后，在全国抗日高潮即将到来的前夜，从祖国的东北，就这样走来了这群作家。他们的创作，和中华民族的解放事业紧密相连，他们的作品，真实地反映着那里所发生的事情，使全国同胞对东北的现实有了更真切的了解。他们所描写的事情，随后也将很快在全国发生，东北的现实使人们意识到中华民族已处在危亡时刻，从而极大地激发了全民族抗战意识觉醒，起了唤醒民众、教育人民、鼓舞人民的作用。周扬在谈到东北作家的创作对中国抗日救亡文学的推动作用时说："《八月的乡村》与《生死场》的成为轰动，以及一切的抗战救亡的题材的作品的流行，正表明了民族革命高潮中新文学的必然趋势。抗战以后的文学就是顺着这个趋势而更向前发展了。"

"东北流亡作家"在中国文学史上占有特殊的地位。他们也是连接东北旧文学和东北革命文学的桥梁，是五四新文学过渡到全国的抗战文学的不可缺少的一座桥梁，也是中外文化交流沟通的一座桥梁。

"东北流亡作家"的创作，像拂晓前啼鸣的雄鸡，预告着中国现代文学史上一个新时代的到来。它揭开了中华民族璀璨的文学史的新一页，成为中国抗战文学的先声。这些，就是它的历史地位。

第四章　路兮漫远
——"东北流亡作家"的结局和流派性质

一、抗战后期的东北作家

一九三四年至一九三七年，"东北流亡作家"的代表性作品已相继问世，"东北流亡作家"的队伍已基本形成。它大致活跃于南北两处。南边集中于上海，有萧红、萧军、李辉英、穆木天、舒群、高兰、罗烽、白朗、骆宾基、孔罗荪、林珏、耶林等。北边活跃于北平，有端木蕻良（一九三六年以后去上海）、马加、杨晦、于毅夫、丘琴、师田手、刘澍德等。

这时期，这些作家的创作是非常活跃的。虽然他们彼此之间并没有自觉集合和结社的愿望，也从未发表过纲领或宣言之类，但在世人眼里，还是联系他们的地域出身、作品题材，而把他们作为一个创作整体来对待的。当时出现的"东北作家们"的称谓，正是客观地把握他们基本相同的创作特征的概括。可以说，在一九三七年前后，"东北流亡作家"趋于成熟并开始在文学史上被确立了。

一九三七年发生了七七事变，这使刚刚形成的"东北流亡作家"面临又一次抉择：他们的队伍从此融入抗日的大众斗争洪流中。这个选择，对于东北作家来讲，意味着随着时代继续前进，给东北进步文学开辟新的天地。但作为"东北流亡作家"这种作家的组合方式，则不仅在形式上，而且在内容上，开始趋于解体了。从纯文学的意义上讲，全国"抗战文学"的强化和新阶段的到来，事实上便意味着"东北流亡文学"的弱化和"东北流亡作家"历史使命的结束。当反对帝国主义侵略的搏斗已不只是在东北的土地上，而是在全国的土地上如火如荼地开展起来时，当来自全国的作家纷纷投入这个为民族命运而战斗的历史洪流中时，当"抗战"已成为压倒一切的全民的文学主潮时，甚至当"东北流亡作家"也主动汇入这历史的大潮中时，无论从文学功用的价值，还是从历史的意义上讲，"东北流亡作家"赖以存在的特异的社会和历史的背景事实上开始减弱了，"东北流亡作家"的历史作用已接近完成，其自然解体是适应历史发展的具有进步意义的必然趋势。

上海八一三事变后，曾一度聚集于上海的东北作家陆续向内地撤离。萧军经武汉到临汾，又转赴重庆，最后到了延安。萧红逗留武汉、临汾后，旋与端木蕻良去重庆，最后于一九四〇年到了香港。李辉英也去了香港。骆宾基经皖南赴桂林，不久又赴香港，后来又移居桂林。穆木天一九三八年到了昆明，一九四二年又移居桂林。罗烽、白朗、舒群都由内地辗转去了延安。马加由北平撤离后，在于毅夫安排下做了一段救亡宣传工作，于一九三九年辗转去了延安。

这样，在一九四〇年到一九四一年前后，经历了又一次更大范围的流亡颠沛之后，"东北流亡作家"的大部分作家又相对安顿下来。他们分别集中于延安、桂林、香港三处并大体维持这种三点式格局直至抗战结束。其中，延安聚集的东北作家数量最多，影响也最大。

会集于延安的东北作家有：萧军、罗烽、舒群、白朗、塞克、马加、于黑丁、师田手、蔡天心等。在"文协"延安分会的二十七位理事中，东北作家占了六人。萧军除与舒群共同参加丁玲主持的当时延安大型文艺刊物《谷雨》的编辑工作外，还主编《文艺月报》，编辑《鲁迅研究丛刊》。罗烽一九三九年担任着中华全国文艺界抗敌协会作家战地服务团宣传部部长，一九四一年又任"文协"延安分会第一届主席，从事延安文艺界的领导工作。塞克于一九三九年纪念"九一八"前夕，创作了剧本《流民三千万》。当时，《满洲囚徒进行曲》曾轰动延安。东北作家的活跃、实力和影响，成为延安文艺界非常注目的事情。

东北作家在延安还有过一次值得纪念的小小聚会。一九四一年"九一八"纪念日这天，十九名作家联名在《解放日报》副刊"文艺"上发表了题为《为"九一八"十周年致东北四省父老兄弟姊妹书兼寄各地文艺工作者》的信，表达了"东北人民是载负着双重民族耻辱的……我们没有一刻忘记，我们是东北三千万受难的骨肉"的心声。这十九位作家是：白朗、白晓光（马加）、石光、李雷、狄耕、郭小川、纪坚博、高阳、梁彦、师田手、张仃、黑丁、舒群、雷加、蔡天心、罗烽、萧军、魏东明、高更。①

这十九位作家还组成了一个松散的文学团体组织——"九一八"文艺社，提出自己的宗旨："交换乡情，研究东北的历史、风土、语言，搜集有关的诸种资料，借以帮助写作，可能时并以供给关心东北的人们一点参考资料。"②

一九四二年一月二十二日，萧红病逝于香港的消息传到延安，在延安的"文抗"作家俱乐部里，一些东北作家特意举行了追悼会，沉痛悼念萧红的早逝，萧军、舒群还分别报告了她的生平、创作。

---

① 沈卫威：《延安时期的东北作家群》，载《辽宁师范大学学报》（社会科学版），1987年第1期。

② 同上。

在延安的东北作家不仅活跃，而且彼此关系比之前更密切了。与此同时，作为一种共同的创作意识，作为一种鲜明特征的"东北流亡文学"的色彩却日渐淡化了，这是抗日战争新阶段选择的自然结果。

环境改变，在延安的东北作家的创作也随之发生极大变化。解放区、根据地全部的沸腾生活，八路军抗战的英姿，鼓舞着他们，他们全身心投入这新的斗争生活中。他们作品的基调由先前的悲怆、严峻，由压抑的冷色一跃为表现抗日根据地及其军民的热烈、明朗、富有朝气的暖色，作品的主题也由"东北的"和"流亡的"转向对解放区生活的追踪表现上。在新的生活环境下，东北作家的心境也发生很大变化，他们开朗、欢乐而自信了，他们自觉依附于这块光明的土地，政治上的认同感一扫过去孤独奋斗时的寂寞。"流亡的"文学开始为"解放区的"文学所代替，他们积极适应着新的社会历史坐标系，象征着东北文学在新的历史阶段的发展。

这期间，虽然萧军还在写长篇《第三代》、白朗写《狱外记》、罗烽写《满洲的囚徒》，但这些仍以东北为题材的创作由于与当时解放区新的斗争环境总体上不够协调而一再中断。相反，表现解放区的新作品却如雨后春笋，呈蓬勃之状。马加先后发表了作品《光荣花的获得者》《宿营》《萧克将军在马兰》《通讯员马林》《间隔》等前方战地速写，白朗写了小说《诱》，舒群写了《吴同志》《快车的人》，黑丁写了《我们第四大队》《炭窑》，罗烽写了《追逐》及一些杂文，雷加写了《一支三八式》《黄河晚歌》，塞克写了《生产大合唱》等诸多表现八路军和解放区生活的作品。师田手、李雷、梁彦、张仃也都勤奋不辍地创作着。

一九四五年，抗战胜利前夕，马加在延安《解放日报》上连载了长篇小说《滹沱河流域》。这是延安当时唯一的一部长篇小说。刚从苏联回国的萧三看了很高兴，给马加写了一封鼓励的信。小说写的是晋察冀边区军民的斗争生活。无疑，它是作者实地深入前方生活的结晶，它的出现，代表着这一时期延安的东北作家的最高文学成就，在某种意义上，也标志着"东北流亡作家"创作阶段的结束。

与此同时，聚居香港的东北作家却在那里掀起了一股"东北流亡文学"的余波，成绩令人刮目。他们将"东北流亡作家"的鲜明色彩，一直绵延到一九四一年港岛沦陷。

一九四〇年前后，在香港的东北作家陆续发表了一批具有浓郁东北乡土气息的思乡愤世之作。萧红的著名小说《呼兰河传》，连载于《星岛日报·星座》上，小说《小城三月》一九四一年七月载于《时代文学》第1卷第2期。此外，她还写了小说《后花园》《北中国》《旷野的呼唤》，长篇小说《马伯乐》，四幕哑剧《民族魂鲁迅》及《给流亡异地的东北同胞书》等，步入了她创作最旺盛辉煌的时期。端木蕻良发表了长篇小说《大江》《大时代》（未完成），中篇小说《江南风景》等。骆宾基写了中篇小说《东战场别动队》，短篇小说《庄户人家的孩子》《红玻璃的故事》等。李辉英写了小说集《火花》及一些散文。

这些作品给人的总体印象是，感情更趋细腻深沉了，人物形象更臻成熟，人物内心矛盾和心理描写更为出色，思乡感也更浓，技巧更老练了，仍然带有一股鲜辣辣的东北味。无论是忧郁、伤感的思乡之情，还是追忆童年往事的欢悦之乐，都表现得朴实、自然，毫不做作。

萧红的创作正是在这个时期攀登上最后的高峰的。她的《呼兰河传》《小城三月》均是以情感人的艺术精品。她入木三分地刻画了东北农民那种守旧、麻木、愚昧的内心世界，无情地剖析旧社会的停滞和造成这种状态的原因。当读到小团圆媳妇被婆婆硬按到滚烫的水中洗澡，以致最后受折磨，惊吓而死时；当读到翠姨为追求婚姻自主，糟蹋自己的病体，无效地反抗，忧郁而死时，读者的心弦不由得被一种无形的力量震撼了。盎然的生命被残酷地压抑、遏止，滋生一种变态的反抗心理，其悲凉的结局，怎不令人为之黯然神伤！这是作家内在之"情"淋漓尽致的发挥。萧红将爱与恨、乐与愁、感伤与郁闷，通过鲜明的创作个性，注入作品的魂中，感人至深。

东北作家还在香港发表了一些表现战时现实生活的小说，如骆宾基的《东战场别动队》《仇恨》、端木蕻良的《大江》、萧红的《马伯乐》。表现抗战中各种人的音容笑貌、悲欢遭遇，具有鲜明的民族感情和强烈的现实精神，它们与作家的乡土小说糅合在一起，形成了"东北流亡作家"在香港晚期创作的特点。这些作品，丰富了全国的抗战小说创作，也为"东北流亡作家"的艺术画幅，涂上了最后一笔璀璨的油彩。

我们无法从精确的时间概念上给"东北流亡作家"的最后消亡定一个具体时间。总之，这是一个逐渐发生的演变运动的结果，它是在全面抗战的高潮中，随着抗战文学的日益壮大而逐步解体和消失的。旧的东西的死亡往往标志着新的生命的诞生，形式消失而精神却延伸。"东北流亡作家"发挥了历史功用，它正常地退出了自己的舞台，而东北革命的文学仍在继续前进，东北作家仍在前进，并开拓、迈进一个新的历史和文学的领域，这就是历史运动的规律。在他们身后，一代新的东北作家又在崛起，绵绵不绝……

二、"东北流亡作家"的流派性质

"东北流亡作家"是否构成了中国现代文学史上的一个文学流派呢？笔者认为是的，而且这是一个相当重要的文学流派。只不过在某些方面，它还不够典型、不够完善罢了。

文学上的流派，常指的是在一定的历史时期，由一些思想倾向、文学主张、审美趣味、创作方法和艺术风格基本相同或相似的作家组成的结合体。它可以是作家自觉的有意识有目的的组合，也可以是作家不自觉地形成而由后人加以概括的。"东北流亡作家"即属于后者。

　　要构成一个文学流派，需要具备下面三个因素：一、要有一个或几个最有影响力的作家为其代表，组成一个作家的群体。二、他们要具备基本相同或相似的政治倾向和审美趣味、创作方法。三、这个作家群体要有某种基本相似的艺术风格，形成鲜明的流派风格。可见，一个文学流派的形成，绝非作家个人兴趣和艺术见地相同而偶然的结合，也绝非后人主观的臆断妄评，而是有着深刻的社会历史背景和阶级基础的，这些，只能到他们所处的社会历史环境中去寻找。只有当作家们置身于相同的历史环境，处于相同的阶级地位，面临相同的社会问题，其政治态度、文化修养和审美理想也大体一致，才会在作品的思想和艺术上表现出某种一致性，形成某种共同的特色。这种创作上主客观的一致性，是构成文学流派的基本条件。

　　我们看到，"东北流亡作家"都来自东北那片土地，大都是小资产阶级知识分子出身，在当时都处在被压迫被欺侮的地位。他们生活在一个动荡的历史年代，经历九一八事变的惨祸，对东北的现实生活，对沦陷区人民的苦难，对日寇的暴行，对亡国的屈辱，都有过亲身经历和刻骨铭心的体验，爱与憎、忧与乐的感情相似，有着共同的审美爱憎。他们年岁相仿，都在二十世纪三十年代初登文坛，都在"九一八"前后流亡关内，经历了大体相同的流亡生活。他们追随以鲁迅为主将的左联文艺大旗，都采用现实主义的创作方法，严肃地抒写人生，忠实地再现三十年代东北社会的现实生活。他们的作品，大都取材于"九一八"前后东北社会，表现抗日救国的时代主题，体现出大致相同的进步的政治倾向和审美趣味。他们的作品，都有强烈的救国呼唤的政治意识，自觉为国家民族的命运、为抗战的现实而呐喊，从而成为历史主流和人民时代心理的传达者。他们在阶级斗争和民族解放的事业中，思想日益倾向革命，逐步确立了无产阶级世界观，最后大都成长为无产阶级文艺战士。

我们还看到，他们的创作基本以抗日题材的小说为主，爱国主义感情浓重。作品一般时代感极强，有着浓郁鲜活的东北气息和地方色彩，构成了以严肃、悲愤、沉郁为主的基调，形成了一种总体的艺术风格。"东北流亡作家"的创作，在当时的社会已经产生很大影响，并确已形成一股进步的力量，向着黑暗的社会进击。何况，他们的确一度以"群"的形式出现过（如哈尔滨的"北满进步作家群"，一九三六年《光明》半月刊社编成的《东北作家近作集》一书的问世，以及延安的"九一八"文艺社），而萧军、萧红成为他们中间最有影响力的代表性作家。纵观这些方面，可以把他们归结为二十世纪三十年代中国现代文学史的重要组成部分。

另一方面，由于进行流亡式创作，这个群体的结构形式显出很大的流动性，总体的艺术风格也还不够稳定。进入二十世纪四十年代，作家们又很快转向其他题材的创作，失去了其特异的色彩：存在的时间相对较为短促。从这些缺欠看，这又是一个不尽完善的文学流派。

三、对"东北流亡作家"的研究

了解"东北流亡作家"的研究史，对认识"东北流亡作家"很有意义。

随着"东北流亡作家"崛起，对这一群体的研究工作早在二十世纪三十年代便已出现。只是那时还比较零乱，也不够系统。当时一些著名的作家、学者，如鲁迅、茅盾、周扬、胡乔木、冯雪峰、周立波、胡风，都有专门评论东北作家的文章。是他们最早注意到"东北作家们"的到来，最早开拓"东北流亡作家"研究的领域。这里最值得提及的是鲁迅和茅盾。

大家比较熟知的首先是鲁迅先生对萧军与萧红的作品的评价和向上海文化界的介绍。鲁迅先生为《八月的乡村》和《生死场》作序，最早指出《八月的乡村》"显示着中国的一份和全部，现在和未来，死路与活路"的意义，指出《生死场》"力透纸背""明丽和新鲜"的艺术气质。鲁迅先生的评价不仅是中肯的，而且具备高屋建瓴的气魄和预见性，它洞悉这两部书的神魄，把其代表的历史方向而又一时未被人们广为认识的精神价值最先摄取出来。仅从这一点上，我们便感到了鲁迅先生的伟大和天才。鲁迅先生的这两篇序，无疑将伴着这两部书流传下去。

茅盾先生对东北作家创作的热情赞扬中夹着中肯的意见。他很少为他人写序，但当他一九四六年赴香港时，除了思念刚刚去世的女儿外，也忍不住对"躺在那里的萧红"挥洒痛惜之情，写下了一篇声情并茂的悼文《〈呼兰河传〉序言》。茅盾先生写道："因为忙乱，倒也压住了怀旧之感，然而，想要温习一遍然后忘却的意念却也始终不曾抛开。我打算到九龙太子道看一看我第一次寓居香港的房子，看一看我的女孩子那时喜欢约女伴们去游玩的蝴蝶谷……而特别想看一看的，是萧红的坟墓——在浅水湾。"茅盾先生赞叹《呼兰河传》是"一篇叙事诗，一幅多彩的风土画，一串凄婉的歌谣"，他入木三分地剖析着萧红内心世界的"寂寞"，他像对女儿一样地爱着萧红，叹息这位有才华的女作家的早逝。笔者认为，在诸多对萧红的研究文章中，此文是最动情，对萧红的内心世界探微最透辟的一篇。

接下去，在二十世纪三十年代出现的研究东北作家的较重要的文章还有：茅盾的《评〈突击〉》《〈台儿庄〉》《"九一八"以后的反日文学〈万宝山〉》，乔木的《评〈八月的乡村〉》，胡风的《生人的气息》《〈生死场〉读后记》，骆宾基的《萧红小传》，杨骚的《感情的泛滥》《历史的呼声》，穆木天的《诗歌朗读和高兰先生的两首尝试》，梅雨的《创作月评》，冈记的《东北作家近影》，吉旅的《评〈登基前后〉》。此外，鲁迅的《三月的租界》、周扬的《关于国防文学》《现阶段的文学》、周立波的《一九三六年小说创作回顾——丰饶的一年间》，都夹有对东北作家的评述，这些文章，都注意到东北作家带给文坛的冲击波，注意到这种新的题材对唤起中国民众抗日意识觉醒的推动力，热忱地肯定和欢迎。它们敏感地抓住了"东北流亡作家"作品的时代意义，使对"东北流亡作家"的研究一开始便走上正确方向，其良好的影响，直到今天还发挥着作用。

"东北流亡作家"这一称呼究竟源于何时何地？虽可详细考证，但本身似乎并不十分重要，因为"东北流亡作家"的客观存在，它的创作实绩早已明白无误地摆放在那里。据笔者所知，一九四六年，蓝海（田仲济）的《中国抗战文艺史》中，就第一次提出"东北流亡作家"的概念。一九五一年王瑶先生的《中国新文学史稿》第二编第八章中专有一节，题目就是《东北作家群》。在较细致地分析和介绍了萧军的《八月的乡村》、萧红的《生死场》，以及端木蕻良、舒群、罗烽、白朗的创作后，王瑶先生总结道：

> 这些作品给人带来了愤怒和悒郁，在抗战前夕民族意识的觉醒上，起了相当大的作用。
> …………
> 这些作品尽管技巧上还不怎么圆熟，但都是亲身经历了亡国惨痛的记录……对民族意识的觉醒是尽了鼓舞作用的。

此外，丁易、刘绶松所写的中国现代文学史中，也都提到这一文学现象。李何林先生在《"左联"成立前后十年的新文学》（一九五一年《新建设》）第三讲第一节中也说过："'九一八'后出现了一批东北籍作家，如萧军、萧红、舒群、罗烽、端木蕻良、李辉英、黑丁等人。"

此后，在第二、三次全国文代会的大会报告中，周扬提到"东北作家的崛起"的内容。这样，"东北流亡作家"的提法就逐步被人们所接受，作为对二十世纪三十年代这批进步的"东北流亡作家"的总体称呼概念而确定下来。

二十世纪五十年代，一些较有影响的东北作家迭遭厄运，由于各种令人遗憾的原因，东北现代文学的研究趋于肃杀冷清了。这沉寂直到党的十一届三中全会之后方结束。东北现代文学的研究再度崛起，"东北流亡作家"的称谓又一次出现。东北现代文学的研究，引起国内颇多学者的注意，尤其在东北三省，更领风气之先。萧红、萧军这些东北作家的名字，为全国人民所熟知。对"东北流亡作家"的研究，跨入了一个新的全面发展的时期。

一九四九年后，大陆的研究虽曾一度中断，香港与海外地区的有关研究却方兴未艾。学者们收集资料，著书撰文，推波涌浪。身为东北老作家的李辉英于一九五〇年去了香港，并在那里编写了一部《中国现代文学史》。他在第八章第三节《东北流亡作家》里，先后介绍了萧军、萧红、舒群、端木蕻良、骆宾基、白晓光（马加）、高兰、李辉英等九位作家。司马长风的《中国新文学史》也介绍了萧红、萧军、端木蕻良这些东北作家的作品。这对东北作家在香港地区的传播起了很大作用。此外值得提及的，还有赵凤翔的《萧红与美国作家》、葛浩文的《〈萧红与美国作家〉补遗》《萧红评传》、华裔作家赵淑侠的有关文章，以及日本学者数目可观的学术文章等。通过国内外研究的侧面，我们可以看到，"东北流亡作家"的影响力早已辐射到国外，它成为世界人民的共同文化财富，并日渐成为中西方文化交流的一个窗口。作为外国认识中国的历史和文化的一个媒介，它正在体现新的历史价值。

对"东北流亡作家"的研究，经历了一个逐步发展、完善，逐步掌握其规律的过程。这一研究，至今仍不够完善，远未终结。

笔者以为，还要注意从系统的和比较的角度研究"东北流亡作家"。"东北流亡作家"各有个性色彩。有的豪爽刚劲，有的矜持纤细，有的温和敦厚，有的憨朴倔强；有的幽默，有的俊秀，有的热烈，有的凝重。每一位作家，每一部作品，既是独具个性的单一的相对完整的审美对象，又共同处在同一个审美共性的系统结构中，构成"群"的形式。我们把具体的作家放在"群"的系统里，研究他在这个系统中的具体地位、价值，通过对与他同类对象的对比研究，尽量发现独属于他的审美属性。一位作家，他的一系列作品又组成了他个人的小系统，单个的作品在这个小系统中也占据了自己的位置。再往大看，"东北流亡作家"又是东北现代文学这个大系统中的小系统，东北现代文学又是整个中国现代文学这个大系统中的小系统……这样或许更能开阔我们的视野。

视野的开放性和多向性，群体研究的分工和层次，读者欣赏角度的变化，国外研究的最新动向，这些都值得关注，都应该加强。我们也应当从世界文学的背景上来研究东北文学，认识"东北作家群"，把他们介绍到世界上去。

第五章　萧红：永恒的忧伤的微笑

简　历

萧红（1911—1942），原名张迺莹，曾用笔名悄吟。一九一一年六月一日（农历五月初五）出生在黑龙江省呼兰县一个地主家庭。幼年丧母，十岁时在县城南关小学开始读书，十六岁（一九二七年）时从南关小学毕业，考入哈尔滨的东省特别区区立第一女子中学读书，被编为初中四班。

一九二九年十一月，哈尔滨爆发两次反日爱国学生运动，萧红与同学一起参加了罢课和反日大游行。在中学时，萧红对美术和文学开始发生兴趣，她参加了同学自办的"绘画小组"，她作的画《劳动人民的恩物》在毕业典礼的"绘画展"上受到好评。

一九三○年七月，萧红领取了"东特女一中"的毕业证书，回到呼兰。这时，她父亲为她定下一门亲事，对方是哈尔滨一个姓汪的纨绔子弟。为了反抗父亲包办婚姻，萧红毅然逃离家庭，只身来到哈尔滨，开始了流浪生活。不久，去北京，入北平大学女子师范学院附属女子中学读书。

一九三一年，姓汪的"未婚夫"竟追随至北京，对萧红进行纠缠和欺骗。二人又回到哈尔滨，住在东兴顺旅馆。欠下六百余元债务后，汪某竟托词遁去，把已怀孕的萧红作为人质留在旅馆。

经受精神与肉体的折磨，受到欺骗与凌辱的萧红，被困在东兴顺旅馆，一时走投无路。一九三二年夏，绝望中她向哈尔滨的《国际协报》写信求救，终于得到舒群、萧军等人帮助，依靠松花江发大水的时机逃出这家旅馆。同年秋，萧红在哈尔滨市立第一医院生下一女婴，因无钱付医药费，只好将孩子留在医院。出院后，即与萧军同居，过着相依为命的贫穷生活。先住欧罗巴旅馆，冬，迁居到哈市道里商市街二十五号。

萧红在与萧军过从甚密的罗烽、白朗、舒群、金剑啸等人的鼓励下开始尝试写作。她的处女作《王阿嫂的死》（笔名悄吟）发表在一九三三年五月的长春《大同报》上。一九三三年十月，她与萧军合著的短篇小说集《跋涉》出版。

一九三四年夏，萧红与萧军从哈尔滨经大连流亡至青岛。在青岛期间，完成了长篇小说《生死场》。十月，与萧军到上海，不久便与鲁迅相识，并得到鲁迅的认可和提携。同年出版散文集《商市街》。一九三五年年底，小说《生死场》作为"奴隶丛书"之三由上海容光书局出版。这是最早反映东北人民在日本帝国主义统治下生活和斗争的文学作品之一，鲁迅先生为小说写序，称赞道："北方人民的对于生的坚强，对于死的挣扎，却往往已经力透纸背：女性作者的细致的观察和越轨的笔致，又增加了不少明丽和新鲜。"《生死场》发表，轰动了当时的文坛，从此，萧红成了二十世纪三十年代知名的女作家。

一九三六年夏，由于身体不适及与萧军感情渐生裂痕等原因，萧红东渡日本养病。在东京期间，写出散文《孤独的生活》《家族以外的人》，小说《牛车上》等。一九三七年春，从东京回上海，后又只身匆匆北上，在北京短住后，再回上海。这期间，小说、散文集

《桥》、短篇小说集《牛车上》相继由上海文化生活出版社出版。

七七事变以后，萧红随上海文化界人士撤至武汉，和胡风、聂绀弩、萧军等共办《七月》杂志。一九三八年一月，应李公朴之邀赴山西临汾民族革命大学任教。二月，与萧军分手，去西安。夏，在西安与萧军正式离异，与端木蕻良南下武汉结婚。一九三九年春，与端木蕻良同住重庆，写短篇小说《旷野的呼喊》等及散文《回忆鲁迅先生》。同时在重庆北碚开始了《呼兰河传》第一部的写作。

一九四〇年春，与端木蕻良到香港。十二月，写毕长篇小说《呼兰河传》。之后，在病中又写了长篇讽刺小说《马伯乐》，对国民的病态和知识分子的软弱予以剖析，还写了哑剧《民族魂鲁迅》。一九四一年，写了著名小说《小城三月》，出版了《萧红散文集》及若干短篇小说。

一九四一年十二月，太平洋战争爆发，日军进占香港。萧红病重卧床。一九四二年一月十三日，被友人移至跑马地养和医院，医生误诊为喉瘤，开刀住院，刀口不愈。十八日，复转玛丽医院，十九日，不能发声，在纸上写："我将与蓝天碧水永处，留得那半部《红楼》给别人写了。"又写："半生尽遭白眼冷遇……身先死，不甘，不甘。"二十二日十一时逝世，终年仅三十一岁。

遗体火葬后，葬于香港浅水湾坟地，一九五七年，迁至广州东部银河公墓重新安葬。

作品介绍

萧红在不足十年的创作生涯中，写下了近百万字的作品，勤奋而多产。她才华横溢，有理想，有个性，是祖国人民深深喜爱、作品产生深远影响的杰出女作家，也是"东北流亡作家"中最引人注目的作家。她的凄婉孤寂的身世，英年早逝的结局，使人们深深地惋惜同情。萧红的艺术成就是多方面的，在短篇小说、长篇小说、散文、诗歌诸方面，都有突出贡献。奠定其文学地位，影响深远的扛鼎之作，当推长篇小说《生死场》和《呼兰河传》。

《生死场》出版于一九三五年，刚一问世便震撼了文坛。小说写的是九一八事变后，哈尔滨附近偏僻的三家子村农民的悲惨生活和命运。全书分为两部分：前十章通过农民的悲惨生活，重点提示阶级矛盾；后七章侧重表现民族矛盾，提出"九一八"后东北农民的地位和出路这样急迫的时代课题。

小说给人印象最深的便是东北的农民，特别是他们受的苦难。他们过着近乎原始、奴隶般的生活，似乎永远逃不脱命运的摆布。农妇王婆为了还债卖掉老马，只得"一张马皮的价钱"，而"地主的使人早等在门前，地主们就连一块铜板也从不舍弃在贫农们的身上"，这点钱也被搜刮去了。作者悲愤地写道："王婆半日的痛苦没有代价了！王婆一生的痛苦也都是没有代价。"金枝刚出世只一个月的小女儿，竟被亲生父亲因嫌拖累还债而亲手摔死。五姑姑的姐姐分娩时，光着身子，像鱼一样翻动在土炕上，一边还受着丈夫的折磨，直到"横在血光中，用肉体来浸着血"，而孩子也"落产"而死。与此同时，"房后草堆上，狗在那里生产"。这人与狗的相衬描写，大有寓意。这是一幅真实的东北农民受难图。他们在精神上受到封建主义的束缚，经济上受地主残忍的剥削，地位之悲惨已无异于猪狗。作家冷静地描写，笔力深稳，表现了对农民命运的思索和深切的同情。

在小说第二部分，作者的笔锋一转，提示造成东北农民悲惨命运的更直接、更尖锐的根源——日本帝国主义的侵略。作品写道：宣传"王道"的旗子来了。到处烧杀奸掠，村里的年轻女人都跑光了，日本兵甚至连十三岁的小女孩也不放过！农田一片荒芜，寡妇日渐多起来了。王婆甚至想追回过去的日子，因为"今日的日子还不如昨日"。当农民终于在这片"模糊的血土上"表现了"铁一样重的战斗意志"（胡风《〈生死场〉读后记》），当农民集体宣誓抗日，连寡妇们也流着眼泪，"枪口对准心口窝"跪下宣誓抗日时，当昔日的"好良心"赵三也喊出"等着我埋在坟里……也要把中国旗子插在坟顶，我是中国人！"这样惊世之语时，当众人的哭唤声"方锥一般落进每个人的胸膛。一阵强烈的悲酸掠过低垂的人头，苍苍然蓝天欲坠了"时，一幅雄壮的东北农民盟誓图展现在读者眼前。昔日的"蚁子一样的愚夫愚妇们就悲壮地站上了神圣的民族战争的前线"，不是"蚁子似的为死而生"，而是开始"巨人似的为生而死"（胡风《〈生死场〉读后记》）了，在敌人的刺刀面前，他们终于觉醒了，蚁子向着巨人转化了。这是一个伟大的觉醒和升华，它代表着中华民族的时代意志。正像鲁迅先生说的，"它显示着中国的一份和全部，现在和未来，死路与活路"。凛然的民族气节，是这部小说最深透地表现时代审美意义的所在。

《生死场》还十分注重对东北农民的性格描写，特别是在刻画农民的内心精神方面。萧红特别留意东北农民对自己的土地、牲畜的依恋之情。她写了王婆为还债务而被迫卖马、赵三被迫卖牛、二里半参加抗日队伍而难以舍弃心爱的老山羊等细节，是东北封建自然经济状态下农民正常的心态反映，是经济地位和依附式小农经济决定的。萧红艺术的敏感和观察的细腻，是十分出色的。

《生死场》的不足之处是结构比较散乱，语言也稍生涩。但它们被作品炫目的思想和艺术魅力掩盖了，瑕不掩瑜。甚至一些明显的由于作家自己文学基础不足而暴露的语句的病态，反被当作作家的个性色彩而认可。虽稚嫩却真挚，因而动人。这也是东北作家共有的特色。

《呼兰河传》是萧红另一部传世杰作。透过这部小说，人们才完全认识了萧红，认识了萧红的独特风格。《呼兰河传》充分显示了萧红的艺术才华和她对小说创作的独到理解。

　　《呼兰河传》既是别具风格的小说，也是优美的散文。小说开篇即从人与自然关系的角度，勾勒了北国小镇呼兰充满异调色彩的自然民俗图。那奇寒的严冬，那跳大神、扭秧歌、放河灯、野台子戏、娘娘庙大会的场面，活灵活现，展现了二十世纪二十年代北国小镇独特的声响动静。作品进一步描绘了这里人们刻板的生活态度，春寒秋露，年复一年，过着卑琐平凡的生活，"人死了就完了"。他们浑浑噩噩地活着，麻木地受着本能驱使机械地劳作着，固然有北方人民善良、勤劳、坚忍的"韧性"的美，更有愚昧、保守、卑琐的性格。这是一种病态的国民灵魂，是农民在落后生产力条件下被动的麻木适应。作家的笔显得平静，似乎轻松地娓娓道来一件件遥远北方的往事记忆，却使读者的心渐渐沉重起来，在压抑的感情中追随叙述，思辨理性的启示。在对国民愚昧、落后的精神状态的提示上，在封建势力对农民灵魂沉沦的毒害控诉上，《呼兰河传》是振聋发聩的。

　　《呼兰河传》中的人物形象寓意深远。窘困潦倒的有二伯，他"耍猴不像耍猴，讨饭不像讨饭"，处境实在可怜，但更可怜的是其麻木的灵魂。他处于奴隶的地位上，愚忠于封建等级制度，认定奴隶永远是奴隶，主子永远是主子，奴隶永远也不该"犯上作乱"。萧红操着国民灵魂的解剖刀，心情沉重地剖析着旧中国东北农民的劣根和病态生活。书中那被折磨死的小团圆媳妇，沉默坚强、在逆境中搏击的冯磨倌，以及其他一些平凡人物的命运、音容动作，都被萧红纤毫毕现地再现了。萧红透过封建枷锁下的淋漓血污，真诚地呼唤着活跃和自然的人生。她是用作品传达自己对人生对社会的思考。深刻而沉甸甸的历史感，启迪性的哲理思索，使作品回味无穷。

《呼兰河传》的美是多元因素的汇合，已被许多人评述的类似散文的结构方式，淡淡的抒情笔法，自然疏淡的意境构成，都表现出某种特异的形式美。作品的"情"像一首婉转缠绵的怨曲，在其中迂折回荡，时而发出纯净明朗的音符，时而奏出感伤凄凉的低吟；既似饱经忧患，心头布满创伤，又似一片童心，永久地向着美好的憧憬寻求慰藉；既有对恶的鞭笞，对死的控诉，又有对生的赞歌，对美的渴求。寂寞的情，含泪的笑，无言地组成了萧红复杂的内心情感。这"情"包含作者对人生旅途的回味，对祖国命运的关切，它像涓涓溪水，沁人心脾，有着不可抗拒的艺术力量。

萧红的短篇小说写得也很出色。早期在哈尔滨写的《王阿嫂的死》《广告副手》《看风筝》《夜风》诸篇，笔力虽还稚嫩，但已初露才华。萧红熟悉东北农民的生活，她用略感沉重的笔再现日伪统治下东北人民苦难的生活，创作伊始，就具有明显的进步政治倾向。作品哀婉沉重的风格一直沿袭未改。《王阿嫂的死》中王阿嫂的惨死一场，《广告副手》中东北城市知识分子为生活奔走困苦挣扎的镜头，《夜风》中出现的农民暴动场景的描述，都是较早抓住东北人民的时代特色和气质的精彩之笔。流亡关内后，萧红短篇小说中较好的有《家族以外的人》《牛车上》《手》和《小城三月》诸篇。《家族以外的人》写的是萧红幼年的生活。主人公是有二伯，他悲怆的人生和朴实的感情，可以看成后来创作《呼兰河传》中这个人物的伏笔。《牛车上》写的是农妇五云嫂的悲剧，她对丈夫的祈求和愿望的破灭，实际上蕴含萧红对自身命运的无声叹息，小说又恰值萧红东渡日本时期，表现了她对社会及人生步履艰难的深深感触。《手》突出显示了萧红艺术技巧的进一步娴熟，女学生王亚明的求学心境和社会的压抑力量，也给人留下深刻的印象。而《小城三月》无论在艺术个性和具体技法上，都超过了前面诸作。略感不足的是情感写得过于低沉，笔调也似乎过于伤感了。

萧红的诗写得也很好，最早在哈尔滨时期创作的诗歌，便很真实：

　　这边树叶绿了，

　　那边清溪唱着：

　　——姑娘啊！

　　春天到了……

　　去年的五月，

　　正是我在北平吃青杏的时节，

　　今年的五月，

　　我生活的痛苦，

　　真是有如青杏般的滋味！

对自己身世的叹息，对黑暗现实的怨恨，对未来生活的憧憬，用朴实平淡的语调托出，勾起人们对这个富有才华的处在窘迫中的少女的分外同情。萧红的组诗《沙粒》也很为人注目。它是萧红滞留东京时期写下的零星感伤诗。它和组诗《苦杯》的感情基调相似，表达了作者受感情折磨的痛苦，对爱情不忠的谴责。作品感情真挚强烈，笔调哀婉低沉，衬现萧红在一九三六年前后的苦闷状态。萧红的诗格式多样，内容以抒发个人随感为主。其他较好的还有《拜墓诗》《一粒土泥》等。

美得使人"炫惑"

萧红的友人骆宾基谈论萧红说："萧红在半封建半殖民地的种种

势力包围之中，以一个年仅二十岁的少女，从中冲杀出一条生路，没有一种非凡的坚韧不折的斗争性和勇气是早就走上了另一条毁灭之路的。"作为一名向黑暗社会挑战的斗士，萧红是出色的；作为一名富有艺术个性的作家，萧红是成功的；作为一名情感丰富的女性，萧红的心始终是为人民跳动的。她来自北国的冰雪中，却躺在南国的木棉树下，漂泊坎坷的身世，引起人们深深的同情惋惜。她的品格、创作，为人们所敬佩、叹服。

萧红是有独特艺术风格的作家。那么，怎样去把握和认识她的艺术风格呢？

萧红的作品有一种独到的美，茅盾曾赞誉《呼兰河传》美得使人"炫惑"。这是一种散文体的自然流畅的美，形式的柔弱与内在气质的刚强恰好融为一体。萧红的审美理想又是通过自己富有个性的创作而表现的，由此产生一种美感效应。这种萧红式审美创作方式，可概括为这样几点：

一、悲剧美的创造

萧红是创造悲剧美的大师。她笔下的一个个人物的不可逃脱的悲剧命运，不知打动了多少人的心。她长于描写普通人物的悲剧，尤其是东北农民和年轻妇女：月英、翠姨、小团圆媳妇、王婆、金枝、有二伯、冯磨倌……他们痛苦地呻吟，在生死线上挣扎，仿佛在呼喊："救救我吧！"萧红深刻揭示造成他们悲惨命运的时代的和历史的原因，尤其指出了九一八事变带给东北人民的深重灾难，将个人的悲剧置于历史大背景中，展示并认识这种悲剧的审美意义，人们透过它看到了一个悲惨的历史时代，看到了作品具有悲剧效果的美学内涵。

二、回忆美的诱惑

萧红很善于选材，尤其善于从她熟悉的早年生活中摄取创作题材，她在小说和散文创作中，常常不由自主地陷入对往事的回忆中。

这回忆构成了萧红创作的另一个特色。她深情地回忆自己的童年，回忆呼兰家乡的风情，回忆家乡冬季满野的冰雪，回忆东北农民的日常生活。回忆伴随着萧红人生的旅途，愈到后来变得愈浓愈重。它混合着萧红流亡生涯的体验和新的痛楚，感情升腾得更深沉、更真切、更纯洁了。它渗透在作家的个性中，净化的感情与读者的感情默默交流，心灵激起共鸣。"它是一篇叙事诗，一幅多彩的风土画，一串凄婉的歌谣。"（茅盾《〈呼兰河传〉序》）

三、意境美的创造

萧红作品的画面常常是某种既朦胧又清晰的混合。纯净的自然美和沉重的感情气氛交汇，生活外貌的再现与精神的思辨共生，集诗、文、画为一体，汇声、光、色于一身，像殷厚的北国原野上吹掠过一股轻风，既使人觉得清新，又使人略感沉重，构成一种独特的疏淡而深远的意境。它和作家的感情色彩辉映着，意境越深邃，越趋自然化，感情便越浓，审美价值便越高。它反映着萧红的艺术气质，也显示着生活的某种特征。在《呼兰河传》中，这一点表现得十分突出。

四、使人伤感的寂寞美

萧红给人的总印象，似乎欢乐的日子不很多，孤苦和寂寞相伴她走完人生。晚期在香港，过着蛰居的生活，作品的情调颇为感伤，心情是寂寞的。

令人惊异的是，这伤感的寂寞竟在她作品里产生使人意想不到的美感效果。萧红没有在寂寞中消沉，而是努力用创作去淹没寂寞。在寂寞的心境中，她终于写出了《呼兰河传》《小城三月》《马伯乐》这些佳作，达到了新的艺术境界。她把个人的愁苦寂寞，融入对祖国、对家乡的挚爱中，从而在艺术中挣脱了这寂寞。她沉思的心灵，迸射对生命、对人生意义的热情赞歌。一直到生命垂危之际，萧红仍倔强地奋斗着，内心深处的"一星微光"从来没有熄灭，向着祖国、向着人民闪烁。当她个人感情最痛苦的时刻，作品仍具有时代精神。可以说，萧红晚期作品中流露出的寂寞感，已超出了单纯生理上的寂寞意识，而跃升到艺术领域，创造了一种新的艺术美——寂寞美。这是一种永不屈服、永远与命运搏击的信念。像凤凰在火中求得新生一样，"寂寞的萧红"才是永远活在人们心目中的萧红！

第六章 萧军：奴隶们的抗争

简　历

萧军（1907—1988），原名刘鸿霖，笔名三郎、田军、刘军等。一九〇七年农历五月二十三日生于辽宁义县沈家台镇下碾盘沟村（现属辽宁省锦州市）。祖父刘荣是佃农，父亲刘清廉。

萧军六岁入本村私塾读书。十八岁时，为了谋生，在吉林市入骑兵营当骑兵，开始阅读进步文学作品。一九二八年考入东北陆军讲武堂第九、十期炮兵科。不久，即在《盛京时报》上发表描写军阀统治下士兵生活的处女作小说《懦……》。一九三〇年春，因伸张正义被开除学籍，后任东北陆军宪兵教练处少尉军事及武术助教。一九三一年九一八事变后，去吉林舒兰县与朋友秘密组织抗日义勇军，队伍失败，到哈尔滨，以笔名"三郎"正式从事文学写作。

一九三二年与萧红相识，遂共同生活。一九三三年与萧红（笔名悄吟）共同出版短篇小说集《跋涉》。

一九三四年八月，因经济及政治环境所迫，与萧红从哈尔滨出走，经大连至青岛小住，十一月到上海，并见到鲁迅，参加《海燕》《作家》刊物的编辑工作，从事左翼文学活动。一九三五年七月，长篇小说《八月的乡村》出版。鲁迅先生为之作序，给予高度评价。小说受到广大进步读者喜爱，萧军从此蜚声文坛。

一九三六年十月，萧军参加鲁迅先生逝世的治丧工作，任游行队伍总指挥，并参与编辑《鲁迅纪念集》。

一九三七年上海抗战爆发后，与萧红离开上海到武汉，与胡风等共编《七月》刊物。一九三八年年初，应山西民族革命大学之聘，去山西临汾任教。同年三月步行到延安，后参加"西北战地服务团"，与丁玲到了西安，遂与萧红在西安正式离异。萧军想去新疆未成，赴兰州，认识王德芬，并结婚。与王经西安去成都，在《新民报》任编辑。

一九四〇年夏第二次去延安。曾任中华全国文艺界抗敌协会理事，延安鲁迅研究会主任干事，《文艺月报》编辑，"鲁艺"文学系讲师等职。曾参加延安文艺座谈会。

一九四五年随文艺大队去张家口，一九四六年秋到哈尔滨。十一月，到佳木斯，任东北大学鲁迅艺术文学院院长。一九四七年春，返回哈尔滨，担任鲁迅文化出版社社长，并任《文学报》社长及主编。后受到错误批判。一九四九年到抚顺矿务局工作，体验煤矿工人的生活，为长篇小说《五月的矿山》的创作打下基础。

一九五一年迁居北京，任北京市文物组研究员、北京市戏曲编导委员会研究员等职，兼从事文学创作。"文化大革命"中再次受到打击，直到粉碎"四人帮"后才又复出。一九七九年参加了全国第四届文代会，当选为全国文联委员、中国作协理事。一九八〇年，中共北京市委给萧军做出正式政治结论、确认他是"拥护中国共产党，拥护社会主义，有民族气节的革命作家"。

复出后，萧军曾去美国、新加坡进行学术交流，并在国内各地讲学。他的小说《八月的乡村》再版发行。他终生追求建立一个求得祖国的独立，民族的解放，人民翻身，没有人剥削人、人压迫人的社会制度。他为人民奉献一生，也得到了人民的喜爱和尊敬。

一九八八年萧军在北京病逝，终年八十一岁。

作品介绍

萧军最著名的小说是《八月的乡村》。

《八月的乡村》与萧红的《生死场》联袂而出，比肩屹立在二十世纪三十年代初期中国左翼文坛上，成为"东北流亡作家"中最具代表性的作品之一。

《八月的乡村》描写的是九一八事变后，东北一支抗日队伍与敌人英勇斗争的故事。小说真实再现了东北人民勇敢抗争的道路。小说中的这支抗日游击队，被作者巧妙地暗示为受到中国共产党的领导。战士们尽管饥饿疲劳，还受到敌人阻击，士气却是高昂的。他们互相搀扶着，唱着《国际歌》，在战斗的风雨中奋进。这恰是"九一八"后东北人民风起云涌的抗日力量活跃的一个缩影。这支队伍虽很弱小，像涓涓细流，但无数这样的细流终究要汇成全民族抗日的大河。鲁迅说："文艺是国民精神所发的火光，同时也是引导国民精神的前途的灯火。"《八月的乡村》喊出了抗日救国的时代强音，它通过这支小小的抗日队伍，及时地形象地反映了时代主题，全国人民在民族灾难日益深重的关头，通过这部书，终于大大地吐了一口气。

在一九三四年的上海，白色恐怖加剧，左联也受到摧残。恰在这个时刻，《八月的乡村》闯来了。它无畏地表现日本占领下的东北鲜血淋漓的现实。它大声呼唤抗日文学时代的到来，代表着一种新的创作方向，现实意义是十分重大的。鲁迅不单是从个人的喜爱出发，更认为这样的作品是这个时候最需要的。他在《序》中指出："我却见过几种述说关于东三省被占的事情的小说。这《八月的乡村》，即是很好的一部。……作者的心血和失去的天空，土地，受难的人民，以至失去的茂草，高粱，蝈蝈，蚊子，搅成一团，鲜红地在读者眼前展开，显示着中国的一份和全部，现在和未来，死路和活路。"乔木说，它"带给了中国文坛一个全新的场面。新的题材，新的人物，新的背景"。东北人民的苦难和斗争，从此活在全国人民的感情和生活里了。

小说中的人物是鲜活盎然的。游击队长铁鹰既是性格刚毅坚强的铮铮硬汉，对战友又满怀深厚的柔情，是个很动人的指挥员形象。萧明和安娜是革命队伍中的知识分子，他们果敢坚强，积极工作，却由于恋爱与斗争的矛盾，一度性格软弱。作家注意到知识分子参加革命的具体特点，他们有高度热情，也有思想上的弱点，从而指出知识分子一定要和工农群众结合，在实际斗争中成长的出路。萧军是较早较好地把握了知识分子走向革命道路这一时代选择的。年轻农妇李七嫂是书中另一个动人的形象。敌人杀死了她的情人，污辱了她的身体，摔死了她的孩子，她艰难地站起来，拿起情人的枪，勇敢加入复仇者的行列里，从此与侵略者开始了殊死的斗争。她是正在觉醒的东北农民的象征。此外，象征情人重于革命纪律的唐老疙瘩，内心想去抗日又总是犹豫，"过几天再说吧！……等日本子杀上头来的时候……再说吧"。陷入某种空泛式革命畅想的青年农民田老八，以及无畏的战士李三弟等人物形象，也各有鲜明的个性，栩栩动人。

《八月的乡村》塑造人物的笔法粗犷有力，人物阳刚凝重，与严峻的时代相适应，展示一种粗犷的美。此外，作品的语言直率刚劲，生活气息、地方色彩十分浓郁，也为这部小说增添了不少艺术风采。从很多方面看，小说都受到苏联小说《毁灭》的影响。

《过去的年代》（即《第三代》）是萧军的另一部著名的小说，最早一部分发表于抗战时期的《七月》杂志上。它描写的是辛亥革命至抗战前夕这一广阔的历史背景下，辽西大凌河畔一个山村的贫苦农民的苦难与抗争的历程。作品的结构宏伟，历史跨度大，场景广阔，人物众多，辽西的风土人情、鲜活的时代气息都很突出。小说写了多年，被认为是萧军创作成熟的标志。

这部小说从偏僻的山村写到都市长春，从"土皇上"杨洛中勾结官兵残酷压迫农民，写到农民聚众反抗，以至投奔胡子，流向大城市的动荡变迁。小说的意蕴，是对东北农民悲剧命运的探索，通过东北农民的道路，反映一个广阔的历史时代。使人感触最深的，是对东北农民的时代性格的开掘。

这是一片奇异的土地，一段兴亡的历史。这土地既荒蛮又殷富，既沉睡又变更。这历史满载着沉重的封建积淀，荡漾着民族心灵新生的骚动，在沉默中搏动着。传统闭塞的封建经济结构，动荡战乱的近代历史，特别是日本帝国主义者的侵略，这一切造就了东北农民特定的复杂的时代性格。作家笔下的井泉龙和林青，都是敢于蔑视统治者的权势，性如烈火、剽悍爽快的农民。他们聚众反抗，富有强烈的叛逆精神，是东北农民"野性"的代表。汪大辫子则象征着东北农民的奴性。他自私愚昧，懦怯自欺，既怕得罪地主，又怕得罪胡子，总是逆来顺受。他头戴狐皮帽，帽耳不系扣，像个乌鸦翅，更妙的是他脑后还遗留条清朝的小辫子，不伦不类，显得既可怜又可笑。他的一举一动，代表着小私有者农民的精神面貌，他们消极地适应着环境，麻木的病态十分可悲。这个形象是十分成功的。刚烈、泼辣的翠屏，是小说里最动人的妇女形象。她体现了萧军对东北农民内在精神气质的了解。翠屏敢于只身参加胡子，敢于和大地主面对面争吵，不避锋芒，带有东北年轻妇女的野性，是个像锥子一样给人以希望的人物。可惜，作者在小说后部减弱了其性格的光芒。其他人物，宋七月、刘元、海交等，也各有特色。他们有的激昂，有的沉默，有的不怕铤而走险，有的一再忍让避世，反射着东北农民的整体性格。这是一种集勤劳、质朴、老实、自私为一体，反抗与忍让共存的复杂性格，也是东北农民在两千多年的封建观念和现实社会的重压下形成的性格，它势必在抗日烈火的灼烤中升腾。而在抗战风暴刚刚来临时，他们又呈现迷惘，艰难地寻觅，不知该走怎样的路。萧军的作品很注意对东北农民特定历史条件下的矛盾性格的剖析，这是萧军对东北的社会生活和农民有深切了解的结果。

萧军一九四九年后受到较长时间的错误批判，这影响了他的创作。其他的主要作品有：长篇小说《五月的矿山》《吴越春秋史话》，中篇小说《涓涓》，话剧《幸福之家》，评剧《马振华哀史》，短篇小说集《跋涉》《羊》《江上》，散文集《绿叶的故事》《十月十五日》及一些回忆性文章等。

杈丫苍劲的白杨

东北原野上有一种茁壮的白杨树。它挺拔苍劲，树干粗壮，根子扎得很深。它不畏严寒，在风雪里傲然屹立，一到春天便生机勃勃。萧军的创作风格很像这挺拔的白杨，粗犷、强劲、豪放。具体地分析，有这样几个特点：

一、紧贴现实生活，反映时代的大主题

萧军为人豪爽开朗，显露锋芒，他的一生就像一架机器，不知疲倦。他的创作也像他的为人一样，总是冲在时代前列。他喜欢用粗犷豪放的笔致去描写云谲波诡、风雨如晦的现实生活，作品紧密反映时代的大主题，不做花前柳下、逃避现实斗争的无聊文章。鲁迅说《八月的乡村》"充满着热情，和只玩些技巧的所谓'作家'的作品大两

样"（鲁迅《鲁迅书信集》），即敏锐地观察到萧军创作的这一特色。

萧军早期在哈尔滨与萧红合著的小说集《跋涉》，以他亲身的生活感受，表现了沦陷下的东北下层人民，尤其是饥饿潦倒的知识分子的痛苦生活。《桃色的线》《烛心》中的那个爱好文学的穷困青年，《这是常有的事》里那个年迈力衰仍旧为生活而坚持为人劈柈子老人的灭亡，都流露出作家明确的政治立场、感情爱憎，表现他向社会挑战的勇气。萧军能敏锐地把握时代的审美趋势，将创作适于时代，他从自己的亲身经历中，意识到抗日救国主题的迫切和重要，他的创作，能跳出个人的小知识分子圈子生活，走向下层人民，走向社会，跳动时代的音符，这是他的作品很快即引起人们注意并取得成功的基本原因。短篇小说《樱花》，描写东北爱国知识分子到内地的经历，表现"亡国奴"三个字带给东北人民心灵的耻辱。小说《羊》《江上》《职业》《鳏夫》都表现日本侵略带给中国人民的哀痛。在《八月的乡村》里，虽然也有眼泪，有屈辱，但更多的是反抗。《八月的乡村》所以吸引人，就在于你读它时，会不由自主地从中感到一种不可遏止的精神力量。它奔腾跳跃，像大海，像火焰，磅礴的气势象征着一种力量的美。鲁迅曾誉它为及时的"投枪"，就因为它唱出了时代的强音。

二、粗犷的文笔、跳跃的情节、直抒的感情

萧军的文笔粗犷而有力。《八月的乡村》里那劈头盖脸的一场暴雨，那冒雨在泥泞中急行军的抗日战士，那篝火跳跃的抗日队伍宿营地，那低垂的红旗，哽咽的山冈，埋葬烈士的悲壮场面，那战马嘶鸣，天空落泪，李七嫂拾起死去情人枪支的动人一幕幕，都给人一种粗犷的美感。《过去的年代》里描写阴森的官府监狱，豪华的地主庄园，喧嚣的都市长春，与村民的饥饿流浪，青沙山胡子营地的炊烟，奔腾变幻，交织在一起。时空的变换，笔力大起大落，谷壑万千，十分矫健有力，形成萧军特有的风格。

萧军的《八月的乡村》，情节的跳跃性很大，每一章都可独立起来，类似电影的分镜头处理，所以鲁迅说它"近乎短篇的连续"。甚至在语言叙述上，读者也会感到某种断裂和空白。作者显然不太注意对大场面的正面刻画，而把力量集中在局部的准确再现上，这便是萧军自己的写作风格。虽然，它使人感到某种越轨的粗犷美，写法上的反传统也使人略感新鲜，但也毕竟是不足，反映作者对生活不够熟悉。

萧军喜爱直抒胸臆，感情外露，似急促的鼓点震颤，跃然纸上，作品有一种强烈的感染力。这特征似乎和当时紧迫的抗战环境有关。正像"起来，饥寒交迫的人们"的号召一样，当中华民族处在生死存亡的关头，这种直露式呼唤和号召，正是时代最需要的。

三、浓厚的地方气息

萧军深情地说："我是在北满洲生长大的，我爱那白得没有限际的雪原；我爱那高得没有限度的蓝天；我爱那墨似的松柏林，那插天的银子铸成似的桦树和白杨标直的躯干；我爱那涛沫似的牛羊群，更爱那剽悍爽直的人民……离开他们我的灵魂感到了寂寞。"（萧军《绿叶的故事》）

黑油油的田野上，抖动着一望无际的红高粱；密密的森林里，松枝竞相向上寻找天际；草棵子里，蝈蝈在吟唱，泥土芳香醉人……这些，混着作家深沉的乡愁，散发着东北原野的独特魅力。这就是《八月的乡村》里，萧军笔下那活起来的忙碌的原野：

> 在空气里时时夹杂的飘送各种粮食半成熟的香气。高粱啦！大豆啦！……每年九月初在田野上笑着的男人和女人，忙着工作着。大车上捆好高高的垛。孩子们下面赤着脚，身上却披了过去冬天的棉袄，跑着，叫着……

这喧嚣热闹的田野，草舍上飘起的炊烟，东北土地多么美好。那野地打野兔，炒鲜狍子肉，跳大神，祭祖，那吆喝猪鸭的声响，那迎娶媳妇的场面，无不具有浓重的东北农村生活气息，分外动人。至于北国冬季的冰雪世界，也令人着迷。河山的美和一旦失去它的痛楚，交织成巨大的感情涡流，唤起读者心灵的体验，审美效果是不言自喻的。

萧军是极有才华的作家，他的作品不仅有雄壮苍伟的一面，也有秀丽细腻的一面，当他的笔深入人物内心层次的活动时，便变得更为丰满、真切，被人称道，粗犷伴以细致，刚健又趋自然，这就是萧军的风格，也是给笔者的总印象。

第七章　端木蕻良：科尔沁草原的狂飙

简　历

端木蕻良（1912—1996），原名曹京平，曾用笔名黄叶、罗旋、叶之林、曹坪、金咏霓等，满族。一九一二年九月二十五日生于辽宁昌图鴜鹭树村一个大地主家庭。父亲曾去过南方，颇受资产阶级民主主义新思想影响。母亲是当地一个姓黄的佃农的女儿。端木从幼时便受母亲影响，同情劳动人民的痛苦。

一九一八年，端木蕻良到昌图县立小学读书，一九二三年到天津美国人办的汇文中学读初中。只读了一年，因为直奉战争发生，被父亲叫回家乡，在家自学功课，同时练习写作、绘画。这期间，对东北农村的状况，农民的困苦生活，有了更深入的了解。一九二七年，在昌图县中学读书。

一九二八年，他入天津南开中学读初三，广泛阅读进步文学作品，接触到马克思主义思想，思想日益倾向进步，文学才能开始显露。他担任南开美术学会会长、校刊编辑，和同学出版进步刊物《人间》《新人》，组织新人社。处女作小说《水生》便发表在《新人》上。差不多同时，还发表了《力的文学宣言》。积极从事进步文学活动。

九一八事变后，他由于组织进步学生成立抗日救国团，被学校除名。之后，他曾参加学生南下示威，并于一九三二年春，参加孙殿英的第四十一军，夏，回到北平，秋季，考上清华大学历史系。一九三二年加入"北平左联"，并主编"北平左联"机关杂志《科学新闻》。

在清华大学，端木蕻良开始长篇小说《科尔沁旗草原》的创作，一九三三年以叶之林笔名与鲁迅开始通信。小说曾在清华大学的《周报》上发表过一段。一九三三年八月，小说写完，初稿寄给郑振铎先生，被评价为"中国十几年来最长""且在质上也极好"，表示要尽力协助快些出版。但由于种种原因而拖延，直到一九三九年，这部表现"九一八"前夕东北人民生活的书，才由开明书店出版。

一九三五年，端木蕻良在北平参加了一二·九运动，随后去上海。一九三六年在上海创作了短篇小说《鹭鹭湖的忧郁》，发表在《文学》上，受到好评。从此，创作势头一发不可收，又相继写出《被撞破的面孔》《爷爷为什么不吃高粱米粥》《遥远的风沙》《憎恨》等短篇小说，均于一九三七年收入短篇小说集《憎恨》中。长篇小说《大地的海》也在这时出版，他的才华开始被人们注意了。

一九三七年八一三事变后，端木蕻良从上海流亡到武汉，旋去山西临汾民族革命大学任教。临汾沦陷后回武汉，一九三八年四月，与萧红在武汉结婚。八月，去重庆，编辑《文摘副刊》，又在重庆复旦大学任教。居住重庆期间，写了长篇小说《新都花絮》《大江》，中篇小说《江南风景》及一些短篇。一九四〇年年初，与萧红应邀去香港。端木蕻良为时代书店编辑"大时代文艺丛书"，主编《时代文学》杂志。这期间创作有《科尔沁前史》及长篇小说《大时代》（未完成）等。

一九四二年萧红去世后，端木蕻良离开香港回到桂林，编《文艺杂志》，写《科尔沁旗草原》第二部，创作京剧《红拂传》，话剧《林黛玉》《晴雯》《安娜·卡列尼娜》等。一九四四年年底，到遵义任力报社主任，写了《最古的宝典》等。一九四五年冬从重庆至武汉编《大刚报》副刊《大江》。一九四七年秋到长沙水陆洲音专任学科系主任。一九四八年到上海主编《求是》及《银色批判》杂志。秋，去香港。一九四九年八月，回到北京。先参加北京郊区的土改，后筹备北京市文联，并任文联创作部副部长、出版部副部长、副秘书长等职。以首钢为生活基地，和工人一起完成该厂厂史《钢铁的凯歌》。一九五二年九月，加入中国共产党。专事文艺创作。担任北京市作协副主席。

粉碎"四人帮"后，写出长篇历史人物小说《曹雪芹》。

作品介绍

在"东北流亡作家"中，端木蕻良是十分引人注目的一个，他的独特创作风格，吸引了千百万倾慕者，他是继萧红、萧军之后代表"东北流亡作家"艺术成就的又一个杰出作家。

他二十一岁便创作了著名的长篇小说《科尔沁旗草原》。他以自己出色的才华，以使人战栗的对东北农村赤裸裸的真实描写，跻身上海文坛。他为文半个世纪，纵情驰骋，留下丰硕的创作果实。在东北作家中，他不仅作品数量较多，而且艺术造诣全面，令人赞叹。他先后共创作五部长篇小说、两部短篇集、一部中篇集，还有未收入集子的短篇小说、散文一百余篇，诗歌三十多首。他写过话剧、京剧、评剧、电影文学剧本。此外，他还发表过歌词、绘画、书法、外文译作，以及各类政论、艺术论文四十余篇。端木蕻良和萧红一样，是"东北流亡作家"中才气外露、创作勤奋的作家。

端木蕻良一生的创作可概述为四个主要时期：一九三三年至一九三七年，北京、上海时期。主要作品有长篇小说《科尔沁旗草原》《大地的海》，短篇小说《浑河的急流》《鹭鸶湖的忧郁》《爷爷为什么不吃高粱米粥》《遥远的风沙》等名篇。一九三八年至一九四〇年，重庆时期。主要作品有长篇小说《大江》《新都花絮》及短篇小说等。一九四二年至一九四四年，桂林时期。主要作品是剧作、短篇小说、评论等。一九四九年后，北京时期。主要是剧作、散文、评论、长篇小说《曹雪芹》等。

最早确立端木蕻良文坛地位的，是他的有广泛影响的长篇小说《科尔沁旗草原》。这部小说的重要性于他，恰像《生死场》于萧红一样。

《科尔沁旗草原》表现的是"九一八"前夕东北社会的历史生活。小说通过科尔沁旗草原上首户丁家财主与农牧民围绕"推地"的一场风波，揭露地主对农民的残酷剥削，表现农民的阶级意识和抗日意识的觉醒。作品的主题是地主阶级的没落，和以大山为代表的新的农民力量的崛起，他们代表着草原的新生。

端木蕻良具有很强的时代敏感性。他紧紧抓住东北地主阶级的命脉——土地这个中心，围绕土地去展开人物活动，设计情节波澜。他说："我试着从生产关系以及物质的占有与分配方面，来看待在这片大草原上所反映出的许多人物和事物。"[1]王瑶在《中国新文学史稿》中评述说："这里最崇高的财富是土地。土地可以支配一切。……因为土地是征收的财源，于是土地的握有者，便做了这社会的重心。地主是这样的重心，有许多制度、罪恶、不成文法，是由他们制定的，发明的，强行推行的。……作者由农民和地主的对立上，说明封建地

---

① 端木蕻良：《书窗对话》，《文学书窗》第5期，1981年5月15日。

主崩溃的原因。""书中以农民'推地'的斗争，写出了地主和草原的没落。"这老式地主没落、年轻一代农民觉醒的时刻，恰恰是"九一八"的前夕，意义便不同寻常了。在科尔沁旗草原上，山雨欲来风满楼，在紧随而至的"九一八"风云中，谁能成为这片草原的主人，谁掌握了草原的未来，书中暗示的答案是明显的。

小说以雄浑的气魄构成一幅壮阔的图景。那茫茫无际的大草原上，活跃着各色人物，浮沉着新思想和旧文化。农民悲惨的身世、艰难的劳作，日本侵略者的窥视，民族资产阶级的彷徨，粗野与纤丽共存，荒唐与文明相伴，构成了草原的历史和现实，在这种巨大的历史大环境下，一切人、物，都活跃起来，动作着。作者心目中的草原寓意深邃，作者的创作意图通过草原繁荣衰变的象征得到了表达。正像巴人评论的，作者已把草原"直立了起来"。草原成为东北这个特定的历史环境的化身。

小说另一个突出方面是对东北地主阶级的刻画，特别是对地主阶级中的"新人"形象丁宁精神世界的冷静刻塑上，指出丁宁性格的双重性与最后势必成为没落阶级殉难者的结局。这是一部带有自传性的作品，丁府实质上即是端木蕻良自家的曹府，自幼对家族生活及农村环境的透彻了解，使他在这样的领域里游刃自如。

《科尔沁旗草原》还明显地受到俄国作家列夫·托尔斯泰的《复活》的影响。它出现在二十世纪三十年代的上海，与茅盾的描写三十年代中国民族资本主义工业命运的著名小说《子夜》宛如姊妹篇，联袂而出，共同绘制中国半殖民地半封建社会的时代缩影，这是小说时代意义的又一个方面。

端木蕻良其他的作品，如《大地的海》，表现的仍旧是围绕东北土地的题材，描写农民怎样从日本占领者那里夺回土地的故事。另一部长篇小说《大江》，描写两个抗日战士铁岭和李三麻子的成长过程。通过一支抗日队伍艰难行军的场面，说明抗日事业的艰巨性和必会胜利的信念。他的短篇小说注重对东北农民的苦难和其性格的刻画。《浑河的急流》《鸳鹭湖的忧郁》《爷爷为什么不吃高粱米粥》等，都使人强烈地感受到东北农民内心旺盛的生命力在衰弱的身躯里跳动。端木蕻良长于描写妇女形象，尤其是被凌辱、被压迫的下层妇女。《科尔沁旗草原》中的湘灵、春兄、水水，《大地的海》中的杏子，《浑河的急流》中的水芹子等，都是非常动人的。

在"东北流亡作家"中，端木蕻良的艺术气质和萧红较为接近。作品的纤丽多于刚劲，细腻多于雄浑，虽也不乏力之美，更多的却是悠扬、委婉的情，塑造一片天籁的意境。如果说萧军是气宇轩昂，那么端木蕻良和萧红则更多是飘逸洒脱。绰约的风姿，洗练流畅的文笔，温馨中夹着豪放的性格，广博的知识结构，构成了他独特的创作风格。

端木蕻良的创作风格是复杂的，激进的审美理想却常常伴以伤感的气氛，雄浑的力度又总使人体验到袅娜细腻的柔情，北国的白杨伴以南国的柔柳，既有潇洒之气，又有软玉温香，它们两两对应，矛盾地集于一身，构成一种鲜明丰富、多彩变化的风格。他的艺术心境，仿佛是粗野与纤丽两相杂糅的世界。司马长风在《中国新文学史》中评论《科尔沁旗草原》时说，这是一部"很不容易读的小说。缺点很多，很严重，但是某些方面的成就，又耀古惊天，举世无双"。并谈到他写作此书的语言，一种是自然流畅的东北化口语，一种是佶屈聱牙的欧化腔。"忽而流畅似水，忽而如陷泥淖。"也是注意到了其创作的矛盾与复杂性。

端木蕻良十分擅长环境描写，通过环境烘托出全篇的气氛，这在他的短篇小说中是很突出的。他还常常采用电影艺术的某些手法来铺开情节，如蒙太奇镜头的运用，追踪、时空变换、人物的渐显和淡化处理等，充分调动读者的视觉功能，展开更丰富的艺术空间。早期的创作厚实雄浑，时代感很强。后来滞留香港及内地，作品的时代音符一度弱化，思想内容也趋向"软"了。但应该指出，即使是这些被认为思想性弱化了的作品，其艺术价值也是出色的。无论是知识和技巧，还是纤丽婉约的感情，都使人着迷。这就是端木蕻良特有的魅力。

第八章　舒群：失去了祖国的人们的心

简　历

舒群（1913—1989），满族，原名李书堂，曾用名李旭东，笔名黑人。一九一三年九月二十日生于黑龙江省哈尔滨市一个工人家庭。

七岁，入阿城县（今哈尔滨市阿城区）西营小学读书。后随家迁至一面坡，入珠河县（今尚志市）立二小。十五岁考入哈尔滨一中，结识了一个朝鲜族孩子，班主任老师是一位苏联姑娘，他们后来成为舒群的小说《没有祖国的孩子》的人物原型。

一九三〇年初中毕业，考入哈尔滨一所免费的商船学校，但只读了半年，便因家境困难退学去航务局做了俄语翻译。

一九三二年参加第三国际工作，九月入党，并开始发表诗歌、散文等。与在哈尔滨的塞克、罗烽、金剑啸、萧军、萧红等人共同进行进步文学活动，还曾担任进步的"星星剧团"的演员。

一九三二年年底，舒群曾被党组织派到洮南任第三国际所设交通站站长。一九三三年年底，由于斗争残酷，与组织失去联系。这时，哈尔滨的白色恐怖加剧，为寻找党和进一步进行抗日活动，舒群在友人协助下，于一九三四年年初到了青岛。舒群在青岛找到了党组织，并结婚，有了立足点后，遂写信召唤在哈尔滨已陷入困境的萧军、萧红，二萧到青岛后，与他们同住"观象路一号"。

是年秋，青岛党组织被破坏，舒群被捕。由于敌人不掌握他的活动，只关了几个月便释放了他。在狱中，他写成了著名的短篇小说《没有祖国的孩子》。

获释后，几番流离，来到上海。一九三五年在上海参加左联，从事文学创作。一九三七年撤离上海后，辗转南京、西安，遂被组织派到八路军总部任随军记者，并给朱德总司令做过临时性秘书。

一九三八年去武汉，与丁玲合编《战地》刊物。一九四〇年来到延安，任延安鲁迅艺术学院文学系教员、文学系系主任、《解放日报》四版主编等。整风运动后，曾在第三五九旅开荒种地近一年。一九四五年，在延安担任了东北文艺工作团团长，该团于十一月来到东北。此后，他先后任中共中央东北局宣传部文委副主任、东北大学副校长、东北电影制片厂厂长、东北文联副主席等职务。新中国成立后，于一九五〇年参加抗美援朝，一九五一年因病回国，到鞍山体验生活，任鞍山大型轧钢厂工地党委副书记。一九五三年调沈阳专事文艺工作。后调北京，先后任全国文联副秘书长，全国作协理事、秘书长等。从一九五五年起受到错误批判，一九五八年又被错误地定为反党分子再遭处分。随后任本溪二铁厂党委副书记、本溪合金厂副厂长等职。一九六二年被平反，恢复原待遇，是年，长篇小说《这一代人》出版。一九六三年文艺界整风中，舒群原来的"结论"又被推翻，再遭批判，"文化大革命"中再度被冲击，被安排到本溪市桓仁县木盂子公社下乡生活了五年。一九七五年由农村回本溪牛心台矿，一九七八年正式调回本溪市，任本溪市文联副主席。年底，被调至北京中国社会科学院文学研究所，并终于被彻底平反。之后长住北京。一九七九年起，不顾年迈多病，连续发表十几篇短篇小说和回忆录，并主编文艺刊物。其中《题未定的故事》《思忆》《少年 chen 女》《别》《中南海的夜》《伟人一简》《美女陈情》《枣园之宴》等都广受好评。

一九八九年八月二日，病逝于北京，终年七十六岁。

作品介绍

舒群创作的旺盛期在一九三六年至一九四〇年期间。那时，他挟着短篇小说《没有祖国的孩子》，像一颗流星闯进上海文坛，英姿炫目。《没有祖国的孩子》是他的处女作，也是他的成名作和代表作。它的发表，使舒群一举成名，跃升为"东北流亡作家"中最引人注目的作家之一。舒群的文学才能特别体现在短篇小说领域，在这个领域里，他显得得心应手。

短篇小说《没有祖国的孩子》最早登载于一九三六年五月上海《文学》杂志第六卷第五号上。小说以舒群少年时期中东铁路路员子弟学校亲身经历过的一段生活为背景，叙述了三个不同国籍的少年——朝鲜孩子果里、中国孩子果瓦列夫、苏联孩子果里沙的交往和生活遭遇。当东北被日本占领后，相继失去了祖国的果里和果瓦列夫，踏上寻求"祖国"的旅途。小说的中心人物是朝鲜孩子果里。他十岁时便由于朝鲜沦为日本殖民地而随哥哥来到中国东北，生活在这块他们认为的"自由的地方"。但很快，这里也沦陷了，果里逃不脱"亡国奴"的悲惨命运，又被抓去做了劳工，忍受可怕的肉体折磨和精神摧残。复仇的火焰在他心中燃烧，他看准一个机会，把钢刀毅然插进一个"魔鬼"的胸膛。这是被凌辱民族的反抗，是奴隶的反抗。小说肯定的，正是这被压迫民族的反抗精神，并颂扬人民是不可战胜的这一历史规律，抗日的爱国主义精神内蕴，构成了小说明确的时代特征。

　　这部小说的爱国主义思想和国际主义思想又是十分和谐地统一起来的，这也是小说深刻时代意义的又一方面。"祖国"这两个字在中国少年果瓦列夫和朝鲜孩子果里心目中是那么重要。果瓦列夫同情果里的境遇，他从朝鲜的昨天看到了中国东北的今天，他深深地理解祖国对一个人的意义。当他看到祖国的旗子从学校屋顶上降下，他从未见到的另一国的旗子升起时，不禁痛苦地"扑到储藏室的玻璃上"，他要再看一眼被丢在"墙角下的"祖国的旗子。从此，他的心时刻盼望祖国的旗子能够再升起的那一天，旗子成了祖国的象征。为了寻求自由，他和果里决心逃出魔窟，投向祖国的怀抱。回归祖国成为他精神与感情的寄托，成为他一切行动的目标，也成为他和果里心灵沟通的桥梁。小说还寓意深刻地塑造了来自已开始建设社会主义的苏联女教师苏多瓦的形象。她来自一块新鲜的土地，象征着一种新的召唤、一种新的远景。她大有深意地对果里说："将来在高丽（朝鲜）的国土上插起你祖国的旗，那是高丽（朝鲜）人的责任，那是你的责任。"中、朝、苏三国人民的友好情谊，以"祖国的旗子"为联系的纽带，把不同民族的爱国主义精神和国际主义内容融为一体了。深邃的主题开拓了同时期文学还没有达到的时代高度，巧妙的构思也令人耳目一新。

　　小说把朝鲜孩子果里的命运安排在中国东北的历史背景下，寓意是十分深远的。作者的目的也是极明确的，那就是提醒人们：失去了祖国，将会得到怎样的命运！这篇强烈反映爱国主义和国际主义精神的小说，在全民族抗战的前夕问世，现实意义十分突出，正像周扬评论的："在最近的一篇叫作《没有祖国的孩子》的小说里，我们被小主人公对于祖国旗的热烈的怀恋之情所感动，但这里却不是一种偏狭的爱国主义的感情，而是国际主义的精神很自然地调和着。"①周立波说，这部小说所以一出世便得到广大读者的欢迎，是"因为他描写了现在正需要着的这种民族解放运动的动力的缘故"②。

《没有祖国的孩子》撷取东北社会生活的一角，延伸出对民族历史命运的深沉思考。通篇有一股朴实之风，感情真挚自然。无怪周立波认为，它"在艺术的成就上和反映时代的深度广度上，都逾越了我们的文学的一般的水准"③。这部小说，是作家生活与感情厚积的结晶，艺术技巧上也颇老到娴熟，使人感到，纵使是处女作，也是相当成熟的。

舒群早期的短篇小说创作，题材广泛，主题开掘得深，注重反映现实生活，走着一条坚实的现实主义的道路，仅在一九四〇年以前，他就已出版了三个短篇小说集《没有祖国的孩子》（一九三六年）、《战地》（一九三七年）、《海的彼岸》（一九四〇年）。

在《战地》中，他较多描绘了东北沦陷后社会惊恐不安，人们备受日本侵略者掳掠欺凌的现实。《农家姑娘》一篇，描写农村的惨景：村子里看不见炊烟，没有牲口的叫唤，男人跑光了，只有残缺人和老太婆还留着，"年轻姑娘"们脸上涂着柴灰……这里成了一片死寂的世界。《婚夜》写的是农村姑娘为躲避敌人的兽行，急匆匆地赶到婆家成亲。然而新婚之夜，敌人还是找上门来，丈夫也被抓走了。这悲惨的命运，是当时东北农村的真实写照。《画家》《一位工程师的第一次工程》表现了知识分子在流亡生活中的悲惨命运。此外，像《难中》《孤儿》《奴隶与主人》都从不同角度揭露着敌人的凶残和广大人民受蹂躏与迫害的梦魇般的现实。

① 周扬：《关于国防文学》，《文学界》1936年创刊号。
② 周立波：《一九三六年小说创作回顾——丰饶的一年间》，《光明》1937年第2卷第2号。
③ 周立波：《一九三六年小说创作回顾——丰饶的一年间》，《光明》1937年第2卷第2号。

小说《水中生活》则从另一角度揭露国民党政府执行不抵抗政策造成人民的新灾难。一边是"玩惯了七月的黄昏的人群"，照旧在那里醉生梦死，寻欢作乐；一边是"十五岁的靠卖花度日的女孩"，在水中艰难地采摘花朵。一边是"桃色的绣着图案花纹的"窗帽"飘出窗口"，空气都似乎那么轻柔溢香；一边是路旁饥饿讨吃的流浪儿，气氛压抑沉重。鲜明的对比，两两相映，呼唤着人们的良知和对祖国命运的沉思。在《祖国的伤痕》里，描写一群无聊、麻木、寻乐的"围客"，如何戏弄、嘲笑和损害一名伤兵的恶作剧。作品通过描写这群"围客"的畸形心理、麻木的灵魂，告诉人们祖国的"伤痕"更多的在于人民的精神方面。唤醒民众，教育民众，绝不应停留在空洞的口号上。

舒群还写了许多以抗日战士为题材，表现人民与敌人英勇斗争的作品。《战地》一篇，描写一支抗日小分队在异常艰巨的环境下坚持斗争，团结互助，坚守"战地"到底的气概，悲凉而苍劲。《誓言》写抗日队伍的成长和初次的失败，着重抒发战士们誓死抗日的决心。《松花江的支流》，则写的是松花江上一艘军舰的士兵，誓死不当亡国奴，与舰共命运的壮烈行为，表现了国民党军队中爱国官兵坚决抗战的事迹。《血的短曲之一》描写一名抗日军人为了祖国的利益舍弃了不能兼顾的爱情的动人故事。中篇小说《老兵》，通过在民族灾难中开始觉醒的"老兵"张海的遭遇，表现爱国士兵身赴国难的坎坷经历，歌颂中华民族正在燃起的反抗的火焰。

此外，较好的小说还有《沙漠中的火花》《蒙古之夜》《萧苓》等。前两篇表现蒙古族兄弟抗日意识的觉醒，充满异调的草原气息。后一篇塑造了一位正在成长的爱国青年学生，人物性格鲜明，笔调清新，令人喜爱。此外值得一提的，还有小说《誓言》《做人》《邻家》《已死的和未死的》《独身汉》等，都具有很强的时代感。

舒群的短篇小说创作极有光彩。首先，他十分注意反映现实生活，自觉紧贴时代。他从不生拉硬凑人物和编造情节，而是把身边平凡的人和事，放在正在进行的抗战生活中，放到中国社会和东北现实这个大的时代背景下去描写，因此显得真、显得实。其次，他十分注意人物塑造，特别是人物的行动和思想变化，循着合理的、使人信服的、符合历史规律的性格发展轨迹。他成功地塑造了众多身份不同、性格各异的人物形象，有工人、农民，有城市的贫民、潦困的学生，有爱国的商人、抗日队伍里的战士，有年轻的母亲，有流浪的少年，有汉族，有少数民族……构成了一个涵盖了社会各个阶层的人物群体，这一历史阶段中的众多人物，为我们展现了一个活跃的立体舞台，具有认识社会、认识历史的价值。另外，舒群的作品，还常常在含而不显、质朴平淡的叙述中，给人以心灵的冲击，思想的教育。初读他的小说，你感到轻松、惬意，可愈到后来，感情便变得愈沉重了。你的情绪常常能随着他的叙述而发生共鸣。

在"东北流亡作家"中，舒群是写短篇小说的大师。他的中、长篇小说，影响不及短篇小说。他的文风，华美与质朴共存，轻灵与凝重互补，是一种颖秀而多彩的风格。可惜由于身世的坎坷，不公平的遭遇，他创作的时间受到影响，才华未能尽露，这是很令人惋惜的。

第九章　罗烽与白朗：比翼齐飞的鸿雁

简　历

罗烽（1909—1991），原名傅乃琦，曾用笔名洛虹、克宁、罗迅、彭勃，一九〇九年十二月十三日生，辽宁沈阳苏家屯人。

罗烽祖籍山东蓬莱。祖父傅景林带一家人闯关东来到沈阳。其父做过邮差、书记员。罗烽七岁入私塾读书，八岁进入奉天小南关省立第一师范附属模范小学读书。由于家境贫寒，他懂事早，很小便帮助家里做活。罗烽学习刻苦又聪敏，成绩一直优异。

罗烽三岁时，罗家搬到沈阳大西关。从此他常跟母亲到姨妈（白朗的母亲）家玩，与表妹白朗青梅竹马，两小无猜。

白朗（1912—1990），原名刘东兰，笔名刘莉、弋白等，一九一二年八月二日生，辽宁沈阳人。她天资聪颖，求知欲强，六岁入小学读书。白朗的祖父叫刘紫杨，是当时沈阳的著名中医，父亲也是中医。后来，白朗家和罗烽家先后迁到黑龙江齐齐哈尔。刘紫杨行医为生，还当了吴俊升军队中的一名军医处长。不久，白朗的父亲故去，祖父失业，刘家陷于困窘。

在齐齐哈尔，罗烽家和白朗家同住一个院子，两人有了更多接触机会，感情日深。白朗的母亲也十分喜爱聪明懂事的罗烽，把大女儿刘东芝许配给他，不料东芝十六岁时病逝，接着刘母又把小女儿白朗许给他。一九二九年秋，两人终成伉俪，彼此情投意合。

罗烽十四岁时，考入黑龙江省立第一中学。那时，白朗就读于黑龙江省立第一女子师范学校。罗烽初中毕业后，因家贫无法升学，便居家读书，接触大量新文学作品，思想日益进步。一九二八年，他考入呼海铁路传习所。学习期间，秘密参加了中共地下党员胡荣庆组织的读书会，并开始新诗的创作。一九二九年，北满第一个产业支部——中共呼海铁路特别支部成立，罗烽入了党，并担任该支部宣传干事，从此开始从事党的进步文艺工作。一九三〇年，在呼海铁路职工中办了进步刊物《知行月刊》。一九三二年，罗烽任特支书记，后调任哈尔滨道外区委宣传委员，与地下党员金剑啸等出版进步报刊，在满洲省委指示下，在哈尔滨开展革命文艺活动。

在罗烽影响下，白朗也寻到了有意义的人生。婚后，她为伟大的政治理想所吸引，也逐步投身到进步活动中。她参加了秘密进步组织"反日同盟"，真正成为罗烽志同道合的革命伴侣。

一九三三年四月，白朗考上《国际协报》记者。不久辞去该职，十月接任《国际协报》副刊编辑，从此开始文艺创作。她与萧红几乎同时步入哈尔滨文坛，彼此往来密切。一时间，罗烽、白朗的周围，聚集了萧军、萧红、舒群、金人、林珏这样一批年轻的东北作家。他们秘密集会，还组织了"星星剧团"，推动哈尔滨的进步文艺。

这时，白朗开始在《国际协报》副刊上发表小说，主要有《叛逆的儿子》《悚栗的光圈》等。罗烽发表了独幕剧《现在晚了》，中篇小说《星散之群》，短篇小说《口供》《胜利》等。他们年轻、活跃、富有朝气，度过了一个难忘的时期。

一九三四年六月，罗烽在哈尔滨被捕。他在狱中坚持斗争，始终没有暴露身份。一年后，经组织营救得以保释出狱。罗烽与白朗于一九三五年年底离开哈尔滨来到上海，开始了新的战斗生活。

一九三六年，罗烽在上海参加左联，年底出版短篇小说集《呼兰河边》。以后，又创作短篇小说《第七个坑》，中篇小说《归来》《莫云和韩尔谟少尉》等。其中，《第七个坑》得到很大的好评，并被译成英文在《国际文学》上发表。白朗写了《伊瓦鲁河畔》《一个奇怪的吻》等短篇小说。一时间夫妇都成了引人注目的东北作家。

一九三七年上海失陷后，罗烽与白朗到了武汉。冬，罗烽只身去山西临汾投军，并写了剧本《满洲的囚徒》《国旗飘扬》，与别人合作创作了话剧《台儿庄》《总动员》等。一九三八年，罗烽、白朗先后到达重庆。在渝的进步文化界人士成立了中华全国文艺界抗敌协会，罗烽任秘书。一九三九年六月，罗烽和白朗参加了"作家战地访问团"，深入前方体察战地生活。八月，白朗因病返回，罗烽又坚持一月余，直达太行山。这期间，罗烽写了中篇小说《粮食》；白朗写了中篇小说《老夫妻》，日记体报告文学《我们十四个》等。一九四一年年初，白朗、罗烽先后由组织安排从重庆到了延安。

在延安，罗烽被选为中华全国文艺界抗敌协会延安分会第一届主席，一九四二年担任陕甘宁边区文化委员会常委兼秘书长。毛泽东同志多次写信给罗烽，委托他代为搜集延安文艺界的材料，以供座谈会用。一九四二年五月，罗烽与白朗参加了延安文艺座谈会。

白朗于一九四一年十月担任《解放日报》副刊编辑，创作表现哈尔滨时期的长篇小说《狱外记》、散文《西行散记》。一九四二年和一九四三年，罗烽和白朗先后到中央党校三部学习，整风运动后期都受到"抢救运动"的错误打击，蒙冤不白，以致白朗一度精神失常。

一九四五年秋，罗烽和病愈的白朗离开延安赴东北。年底在吉江军区工作。一九四六年罗烽任中共中央东北局宣传文委常委、东北文协代主席、哈尔滨中苏友好协会副会长等职。新中国成立后，历任东北人民政府文化部副部长兼秘书长、东北人民政府文教委员会委员、东北文联副主席、东北作协第一副主席等职，从事繁忙的文艺领导工作。一九五三年为总政、中宣司组织的作家"归俘访问组"组长，去朝鲜开城板门店，并参加朝鲜停战协定签字仪式。

到东北后，白朗先后担任《东北日报》副刊部部长、《东北文艺》副主编等职。一九五○年到沈阳从事专业创作，并参加抗美援朝，到前线体验生活，写出长篇小说《在轨道上前进》。一九五二年又随中国作家代表团到朝鲜访问，十二月出席维也纳世界和平大会。一九五三年出席哥本哈根世界妇女大会，一九五四年参加在印度召开的亚洲作家大会等，进行一系列对外文化交流活动，并写出优秀中篇小说《为了幸福的明天》。

一九五五年，罗烽与白朗被错定为反党集团成员，之后又先后被定为"右派分子"，一再遭到批判。一九五八年到辽宁阜新煤矿参加劳动，一九六三年迁居辽宁省金县（今并入大连市金普新区）。这期间，罗烽写了反映工业战线的报告文学《列车在前进》。"文革"中，他们又被批判，身心受到摧残，白朗的身体逐渐恶化。这对夫妻一直艰难地相携，度过了最困难的岁月，罗烽始终没有承认加在他身上的"罪名"。粉碎"四人帮"后，他们得到了彻底的平反，洗清了多年的冤屈。后来搬到北京居住，在迟暮之年又拿起了耽搁多年的笔。

作品介绍

罗烽和舒群相似，作品多创作于抗战前期，也以短篇小说为主。但两人的气质、风格颇不相同。可以说，罗烽显得更硬朗些。这可能是由他个人的气质决定的，也不无他入党较早、政治上较为成熟的缘故吧。罗烽宁折不弯的性格，曾在东北作家中被誉为有名的"硬汉"。

罗烽在二十世纪三十年代较有影响的代表作是短篇小说《第七个坑》。

《第七个坑》描写九一八事变刚刚发生后的沈阳城，鞋匠耿大被日本兵逼着挖坑活埋自己的同胞（其中甚至有他的舅舅）。当他发现自己正在挖的第七个坑是为自己预备的时，按捺不住心头反抗的怒火，挥锹劈向了身边的日本鬼子。小说像一篇现场目击记录，真实生动，血淋淋的现实使人强烈地体会到"九一八"带给东北人民的深重灾难。作品发表后引起读者的震惊。另一短篇《呼兰河边》，写日军驻守呼兰河桥的守备队，为防备义勇军，把一个放牛少年抓获，两天后残忍地把他杀了。村人只在草丛中找到了牛骨头和孩子的尸体。作者通过当时东北这些普遍的事，揭露敌人的残暴，表现普通东北人的毁灭。罗烽常常将生活中的见闻及时地巧妙加工，而在叙述时文笔质朴自然。作者的主观情感隐而不显，一切都通过作品，通过人物的行动、命运流露出来。

罗烽的短篇小说集《横渡》出版于一九四〇年，收集了作者十五篇小说，是他这时期创作的结晶。《累犯》表现一个叫谢元的小市民，在沦陷的东北社会求职不能，四处碰壁，虽抱着天真的幻想，却走投无路。小说从阶级矛盾写到民族矛盾，含蓄地批判并提出反抗的出路，令人深思。《三百零七个和一个》，则表现一位老人找到自己失去的孙子，发现他正待被运往日本，将来培养成敌人的工具，毅然将毒药夹在蛋糕里送给孙子，而自己也惨烈地吞下另一半，充分显示了中华民族的气节。其他像《万大华》《荒村》《左医生之死》，都是振聋发聩、具有深刻思想内涵的。

罗烽的短篇小说较多，像《狱中》《花圈》《考索夫的发》《五分钟》，中篇小说《归来》《莫云和韩尔谟少尉》，都是较好的。他的作品，有一种奇壮的美，惨而不伤，哀而悲壮，内在闪耀着阳刚之气，民族的傲骨，力重千钧。此外，罗烽还写过长诗《碑》，话剧《两个阵营的对峙》《现在晚了》《过关》，报告文学《列车在前进》，以及众多的诗、杂文、评论等，勤奋而高产。但给人印象最深的，还是短篇小说。

白朗写作勤奋，作品数量并不逊于罗烽。她的作品经常抒写自己从事革命活动的亲身经历和感受，记录她所生活的各个时期的现实斗争。她对妇女问题特别关注和敏感，《四年间》中的苦闷彷徨的女青年黛珈，《珍贵的纪念》里的革命母亲，《叛逆的儿子》里悲惨的穷人女儿银娜，《生与死》中的老伯母，《一个奇怪的吻》中坚强而又充满对丈夫爱恋之情的女战士李华，特别是《为了幸福的明天》里从讨饭孩子成长为模范共产党员的邵玉梅，她们都各具风姿，栩栩动人，构成东北文学主题下的女性群像画廊。白朗早期最优秀的作品是短篇小说《生与死》。它描写了一个监狱女看守"老伯母"在革命者的感染下心灵觉醒的过程。最后老伯母为了爱国者而宁愿光荣地牺牲，表现了东北人民抗日的觉醒和革命者的凛然正气。小说结构紧凑，语言朴素，调子明快。老伯母的形象，有高尔基作品《母亲》中母亲的影子。其他如短篇小说《伊瓦鲁河畔》《探望》《珍贵的纪念》《女人的刑罚》《轮下》，中篇小说《老夫妻》，散文集《西行散记》，也较有特点。

新中国成立后，白朗最著名的作品是中篇小说《为了幸福的明天》。小说展现了新中国成立初期人民建设社会主义的热情和精神面貌，歌颂了由工人成长起来的模范人物。白朗还写了一些出国访问的散文，流畅、热烈，洋溢时代的气息。白朗谈到自己的创作说："我写了半辈子东西，全是'急就章'。"（白莹《白朗小传》）这固属谦辞，但也反映了作品雕琢不细的缺欠。

第十章　骆宾基：北望园里锁不住的春天

简　历

骆宾基（1917—1994），原名张璞君，祖籍山东平度，一九一七年二月十二日生于吉林珲春县城内一小商业者家庭。幼年家境贫寒，骆宾基读小学曾一再被迫辍学，帮助家里务农。一九三三年去济南上中学，并曾在北京大学旁听。由于家境拖累，中断学业，一九三五年夏又回到珲春。这时期，他接触了许多新文艺作品，渴求新知，曾想去苏联学习。未果，于是来到哈尔滨，入精华学院学俄语，不久认识了金剑啸。从金剑啸那里得知由哈出走的萧军萧红已成为上海著名的左翼作家，内心倾慕，遂立下从事新文学的决心。

一九三六年五月，骆宾基由哈尔滨逃亡到上海，开始埋头写作长篇小说《边陲线上》，这是他创作生涯的开端。一九三七年六月，在上海《东方快报》上发表《高尔基永远活在我们心中》，是为处女作。一九三七年十月，在《呐喊》上发表《大上海的一日》，因细腻地表现抗战来临时上海市民的面貌而获好评。上海沦陷后，去浙东进行抗日宣传工作并入党。

一九三九年，在绍兴主编刊物《战旗》，一九四〇年去皖南新四军军部。十月返浙江，与组织失去联系，只得独自漂泊桂林，埋头创作。这期间创作相当活跃，写有中篇小说《东战场别动队》，报告文学《夏忙》，中篇小说《吴非有》，短篇小说《寂寞》等，并出版长篇小说《边陲线上》。不久去香港，在茅盾主编的《笔谈》上发表小说《一个倔强的人》，并护理病中的萧红，直至一九四二年一月二十二日萧红病逝后方离港重返桂林。后来又写了《萧红小传》。

一九四二年至一九四四年，他在桂林先后发表长篇小说《幼年》，著名短篇小说集《北望园的春天》等。

一九四四年五月，骆宾基到重庆。不久，被当地军统机关拘捕，由于文协营救才获释。之后在重庆农村继续创作，在重庆《新华日报》上发表过文章。

一九四六年，骆宾基到上海，发表长篇小说《少年》，剧本《五月丁香》，中篇小说《罪证》，长篇小说《姜步畏家史》第一部《混沌》，第二部《氤氲》等。

一九四七年，他受党委托赴东北了解东北青年协会有关情况，不料在长春被捕，押解至沈阳，一九四九年春沈阳解放后才获释。之后去香港暂避。六月由香港回北京，参加全国第一次文代会，当选为全国文协候补委员。之后，到山东的工厂、农村深入生活。一九五〇年发表《张保洛的回忆》，同年任山东省文联副主席。之后，写有评剧《姑嫂和》，短篇小说集《老魏俊与芳芳》《山区收购站》等。

一九五三年，调北京从事电影剧本创作。一九五八年，到黑龙江省牡丹江地区深入生活，一九六二年调入北京市文联继续专业创作。"文革"中受到冲击，下放到干校，一九七四年调入北京市文史研究馆。

"文革"后仍坚持创作，同时将主要精力转到金文的考证研究上。其《金文新考》是新中国成立后颇有学术价值的著作。

作品介绍

骆宾基是"东北流亡作家"中较为年轻的，步入文坛略迟些。主要作品大都写于抗战后期，在西南大后方。聂绀弩说他是"一个现中国的优秀小说家"（聂绀弩《绀弩散文·迎骆宾基》）。他的作品，既反映了东北人民的抗日生活，也反映了抗战时期国统区生活的面貌，人物形象生动，笔调细腻明快，具有较高的艺术性。

《边陲线上》是骆宾基的第一部长篇小说，也是当时较早反映东北人民抗日武装队伍内部生活的小说。它描写吉林省边境线上H城各阶层人民在日伪的压迫下参加义勇军，以及这支抗日义勇军怎样战胜内部矛盾，走向新生的故事。小说尖锐地提出在抗日队伍内部仍然有一个依靠真正抗日力量巩固领导权的课题，思想意义是积极的。但人物形象相对薄弱，写得也有些仓促，茅盾称他善于描写氛围，但不免有"稚嫩处"。

短篇小说集《北望园的春天》是骆宾基的成名作，充分显示了作家独特的才华。小说集收录了一组精悍厚实的短篇小说，如《一九四四年的事件》《老女仆》《由于爱》《马小贵和牛连长》，但最出色的则是《北望园的春天》。

《北望园的春天》描写抗战时期蛰居桂林北望园里一群知识分子的日常生活。惟妙惟肖地勾勒他们寒酸、善良、迂腐、寂寞又不甘沉沦的性格，抒写抗战时期知识分子面临出路的选择的现实主题。书中人物、著名政治家杨村长活得浑浑噩噩，腐俗不堪。酒足饭饱之后，品评女人。画家的妻子林美娜整天忙于日常琐细的家庭生活，而自己早已失去了抗日的愿望。他们庸碌自得，与火热的斗争现实脱离，他们的"幸福"是多么缥缈无聊。美术教师赵人杰对现实不满，不甘就此沉沦，却也无力逃脱生活与环境的重压，终日"冥坐在他那阴暗的屋子里遐想"。军人贺大杰也难拔蜗居的生活，昔日的抗日激情在逐渐离逝。但这里也绝非一片灰颓之色，也有心灵的追求、热烈的火花，有尚未泯灭的爱国情。这些人多是东北人，他们心底常常呼唤北方，怀念家乡。他们住在"北望园"里，连生的孩子也起名"怀北"。作者满怀同情慨叹的心情，剖析了战时这群知识分子复杂的灵魂，说明和火热的斗争生活脱离造成了他们的悲哀。温情中含有责备，宽恕中带有讽刺，表现对国统区社会生活的深沉思索，呼唤在生活压迫下消沉的人们去重新奋起。强烈的批判现实精神，淡淡的怀乡之情，像一幅浓淡相宜的水墨画，深邃的旨意令人品味。

短篇小说《乡亲——康天刚》中的康天刚，是另一种进取型人物。他追求幸福和光明，有百折不挠的信念。他费尽二十年光阴，踏遍崇山峻岭寻找人参，甚至为此献出了生命。作品颂扬这种积极的人生精神，肯定这种追求的理想力量，在当时是颇有现实意义的。话剧《五月丁香》里的女主人公曲秀芳，追求人生的真实意义，也是屡经坎坷而矢志不渝。她和康天刚一样，是作者寄寓希望的化身，是北望园中柔弱性格的对比反衬。骆宾基赋予他们刚强的性格，是抗战主题背景下的有意选择。

骆宾基还有自传体长篇小说《混沌》。小说描写吉林珲春一带民国至"五四"时期的历史和社会习俗，具有浓郁的地方气息。笔调细腻明快、轻柔委婉，人物心理描写精细入微，颇有艺术特色。不足是缺乏对时代生活的全面把握，与现实斗争有脱节之感。作者追求的目标也显得较为朦胧，过多局限于人的生活圈子，视野不够宏阔。

在"东北流亡作家"中，骆宾基的风格是偏于软性的那一类。文笔细腻，情调轻灵，人物造型富有表现力，但思想性格稍弱，显得厚重不足。这或许与他抗战时期较多生活在西南大后方有关。端木蕻良和李辉英，也不同程度具有这种"南派"的气质。即使同属于"东北流亡作家"的作家，彼此的风貌有时也表现出很大的差异性。

第十一章 马加：辽河湾的庄稼起身了

简　历

马加（1910—2004），满族。原名白永丰，又有笔名白晓光，一九一〇年二月二十七日生于辽宁新民弓匠堡子村。祖父白明儒，曾在乡间做教师，喜爱文学，思想开明，对幼年的马加颇有影响。父亲白清宪，是乡间的中医，马加自幼便帮家中干农活，对东北农村的生活感受很深。

马加七岁时入本村小学读书，十五岁入新民县城内文会中学读书。这是一所由英国传教士办的教会学校，马加不喜读英文、做礼拜，却爱上了文学，开始接触新文学作品。

一九二八年秋，马加考入沈阳的东北大学预科，到教育学院教育系学习。是年开始文学创作，在沈阳的《平民日报》上发表处女作诗歌《秋之歌》。在东北大学期间，马加和一些同学创办进步文学刊物《北国》《怒潮》，在报刊上发表作品，思想日益倾向进步，崇拜鲁迅、蒋光慈等左翼作家。

九一八事变前夕，马加到北平，开始流亡生活。他毫无生活来源，失学失业，困窘至极。他埋头创作，依靠微薄的稿费维持生活。

他先后在北平的《文艺月报》、上海的《光明》上发表作品，并与友人合编《文学导报》《文风》《黎明》等进步刊物。这一时期主要作品有中篇小说《登基前后》（即《寒夜火种》），长诗《火祭》《故都进行曲》，短篇小说《我们的祖先》《家信》《复仇之路》等。一九三五年参加"北平左联"，正式参加抗日救亡工作。

一九三七年七七事变后，北平失陷。马加再次流亡，辗转济南、南京、开封、西安，进行抗日宣传。后经于毅夫介绍，到第一八一师做短期宣传工作，不久又到晋西北参加动委会工作，任岚县郭家村工作团团长，还在雁门关外续范亭领导的游击队里打过游击。一九三八年五月到达延安。

到延安后，马加进陕北公学学习，毕业后到边区文协从事创作。一九三九年至一九四一年，参加八路军战地文工团，先后深入冀中、冀南、晋察冀、平西、晋西等华北抗日根据地，随部队行动，体验生活。一九四一年五月重返延安，在"文抗"从事专业创作。由于有前方生活的体验，他写出短篇小说、散文《萧克将军在马兰》《通讯员孙林》《光荣花的获得者》《宿营》等，先后在延安的《谷雨》和《解放日报》上发表。一九四五年，反映晋察冀抗日根据地生活的长篇小说《滹沱河流域》在《解放日报》连载。在延安，马加入了党，参加延安文艺座谈会，创作勤奋。整风运动后期，到中央党校三部学习，"抢救运动"中也一度蒙冤。

抗战胜利后，马加由延安赴东北。先在张家口《晋察冀日报》社短期工作，主编副刊。一九四六年五月，经内蒙古科尔沁草原赴北满解放区齐齐哈尔。由于在草原上行军和敌人的一场遭遇，马加后来写出了反映这段战斗经历的优秀中篇小说《开不败的花朵》。小说被译成多种外文出版，反响很大，成为马加的成名作。

一九四六年六月，马加到达佳木斯，分配到桦川县参加土改斗争，任工作团副团长、区委书记等职。两年多的土改体验，促使马加写出了反映北满土改运动的著名中篇小说《江山村十日》，再获好评。之后，马加又回到东北文协继续从事专业创作，并参加全国第一次文代会。一九四九年当选为全国作家协会理事，次年任东北作家协会副主席。

马加于一九五〇年参加抗美援朝战争，著有反映志愿军民工队生活的长篇小说《在祖国的东方》。一九五一年曾赴苏联访问。新中国成立后，马加长期在辽宁省新民县（今新民市）、盖县（今盖州市）等处深入生活。一九五八年举家迁至新民县兴隆公社长期深入生活，一九六三年只身到新民县长山子村生活。一九六〇年，他出版了反映农业合作化生活的长篇小说《红色的果实》。

马加长期担任辽宁省作协主席、辽宁省文联主席。其他作品还有短篇小说《双龙河》《过甸子梁》《新生的光辉》，散文集《幸福的时代》《祖国的江河土地》《马加散文选》等。

"文革"中马加受到错误批判。一九六九年，到内蒙古宁城县山区插队落户。一九七三年调回沈阳。"文革"后重又焕发创作热情，写有诗歌《延安曲》、短篇小说《青山不老》和众多评论。一九八三年写出反映北方人民斗争与生活的历史画卷力作，带有自传性质的长篇小说《北国风云录》，广获好评，并获辽宁省政府文学创作一等奖。一九八八年，马加又写出该书的姊妹篇，另一部长篇小说《血映关山》。这两部书的成功，使马加晚年的创作大放异彩。

作品介绍

马加在"东北流亡作家"中占有特殊地位。他的创作起步早、作品多，东北农村生活的基础异常扎实，作品始终反映东北人民的斗争和生活，是典型的东北土地上的作家。他的作品逐步成熟，特别是创造了一种富有关外地域特色的艺术风格，愈到后期愈为出色。他的代表作较多，最著名的是中篇小说《开不败的花朵》，著名的还有中篇小说《江山村十日》，长篇小说《北国风云录》《血映关山》《红色的果实》等。

马加的作品以小说为主，特别是中、长篇驾驭得较好，但细读之下，便会看到小说更多带有一种散文的痕印。他重视人物的意识、心理，重视作品的语言，善于构造气氛，不过多追求情节的曲折性，只有自然、质朴、真情的诗，努力追求小说与散文融合一体的淳朴的艺术美。

马加的创作很勤奋。在抗战时期，作品大多表现东北农村生活和华北抗日根据地军民生活这两大类，主要作品有中篇小说《寒夜火种》，长篇小说《滹沱河流域》，长诗《火祭》《故都进行曲》，以及较多的短篇小说。

《寒夜火种》原名《登基前后》，它描写一九三二年到一九三四年间伪满洲国皇帝溥仪"登基"前后东北农村生活实况。指出在"到处是严冷的寒夜"里，只有求得民族的解放，才是希望的火种，思想意义颇为积极。作者敏锐地抓住了东北历史上最黑暗、各种矛盾最尖锐的时刻，具有明确的现实意义。作者对东北农民的悲惨命运寄予深切的同情。主人公陆有祥的媳妇被伪村长侮辱，使他有苦难诉。伪政权对农民的横征暴敛，名目之多令人咋舌。最后抗日义勇军打进村子，陆有祥亲手杀死仇人，投奔了义勇军。这些实貌性的真实表述，有一种吸摄的力量，又鲜活得宛如就在眼前，非有亲身生活体验而不能。此外，小说语言有种东北农村味道、乡土气息，严整精当的结构很出色。

马加在北平写《寒夜火种》的同时，萧军和萧红正在上海完成

《八月的乡村》和《生死场》的创作。这三篇都是最早反映东北人民抗日斗争的优秀作品，主题是一致的，描写都很出色，又都出自年轻的"东北流亡作家"的笔下。《寒夜火种》由于在北平发表，当时知道的人不多，以至于影响了它本应有的历史地位，这是应该纠正的。

长诗《火祭》是一首抒情式政治宣言诗。通篇语言铿锵如金石，精神昂扬，像一团火焰。节奏跳跃明快，热烈的情感被反复渲染，富有浪漫主义气质。该诗被一九三三年的《中国文艺年鉴》一书评为是年最好的一首诗。此外，小说《家信》《复仇之路》《潜伏的火焰》《同路人》《老人的死亡》等，都表现沦陷的东北农村生活，刻画了一个畸形的、沦为殖民地社会的腐朽面貌。

马加作品注意东北地方气息，尤其擅长活用东北人民的日常语言。马加的语言朴素自然、生动晓畅，具有浓郁的东北地域风格。从创作中篇小说《江山村十日》开始，马加有意识地追求一条民族化语言道路。新中国成立后，他的独特的语言风格日臻完美，为人称道。可以说，在东北作家之中，马加的东北地方语言风格是最出色的。在晚年的力作《北国风云录》里，其语言艺术已达到很高境地。

马加一生都在写东北农村题材，他的生活基础厚重扎实，作品淳朴自然，反射着北国的土地与历史。故乡的辽河美、黑土地，在他的作品里散发出一种天然的芳香。在"东北流亡作家"中，他和萧军、罗烽、塞克、白朗，都属于这种"北派"作家，作品雄浑硬朗，淳朴自然。在"东北流亡作家"的主要作家里，马加又是唯一在新中国成立后始终留在东北、担任文艺战线领导、坚持如初反映东北生活的作家，这也是他的身份独特之处。

第十二章　李辉英：清丽质朴的思乡曲

简　历

李辉英（1911—1991），原名李连萃，笔名东篱、林山、西村、北陵、南风等。一九一一年生于吉林省吉林县（今永吉县）。

七岁在家乡入私塾读书。十三岁考入吉林省立第五中学，结识图画老师朱翊士。朱翊士倡导新思潮、新文学，引起李辉英对新文学的浓厚兴趣。

一九二七年，李辉英在省立第五中学初中毕业，见到上海《立达月刊》上登载的立达学园的招生广告，遂与十位同学毅然去上海，并考入立达学园高中部；《立达月刊》是立达学会出版的，这个学会的会员中有夏丏尊、叶圣陶、郑振铎等一批学者。立达学会是开明书店的前身，对中国知识分子有很大影响。李辉英来到立达学园，眼界大开，他开始学写小说，和同学创办刊物《青露》，思想倾向进步，毕业后，又继续就学于中国公学，沈从文、赵景深都曾在该校任教。

一九三一年九一八事变爆发，使远在上海的李辉英极为震惊忧患。他愤而加入上海人民反日大示威中，与爱国学生一起到南京请愿。他决心以手中笔为武器，抒志醒世，抗日救国。他在自述中说：

"我是在一九三一年九一八事变以后，因为愤怒于一夜之间丢失了沈阳、长春两城，以不旋踵间，又失去了整个东北四省的大片土地和三千万人民被奴役的亡国亡省痛心的情况下，起而执笔为文的。"这是他从文的初衷。

　　一九三二年一月，李辉英的处女作小说《最后一课》在丁玲主编的"左联"刊物《北斗》第二卷第一期上发表。这也是"东北流亡作家"中第一篇以抗日为题材的短篇小说。次年三月，他的长篇小说《万宝山》经丁玲修改和介绍，与铁池翰（张天翼）的《齿轮》、林箐（阳翰笙）的《义勇军》一起列为"抗战创作丛书"，由上海湖风书局出版。《万宝山》是东北作家中第一部以抗日为题材的长篇小说。从此，这位年轻的东北作家，便以抗日题材的文学创作活跃于文坛，并和鲁迅开始交往。在《鲁迅日记》里，还可以看到他的名字。一九三三年，李辉英加入左联。三月，参加左联创作座谈会，聆听鲁迅的讲话。不久即往泉漳中学任教。一九三四年在上海主编《漫画漫话》和《创作月刊》。一九三六年春到北平，与"北平左联"的孙席珍、曹靖华、王西彦等发起筹备北平作家协会，被选为第一届执行委员，主编机关刊物《文艺周刊》。这期间，李辉英的创作和文学活动都是积极有为的，充满朝气。

　　一九三二年，李辉英曾由上海返回家乡吉林生活体验过一段时间，回上海后，写了一些反映东北人民在伪满洲国奴役下的悲苦生活的作品。一九三七年七七事变后，李辉英离开北平，先后在武汉、重庆等地从事抗日救亡工作。一九三九年加入中华全国文艺界抗敌协会，并参加该会组织的"作家战地访问团"，到华北前线，深入中条山，体验抗日军民的生活，写有不少散文随笔等。

　　抗战胜利后，李辉英回到东北，在长春大学、东北大学中文系任教授。一九五〇年去香港，以写作为生。一九六三年起，先后在香港大学东方语言学院、香港中文大学联合书院任教。一九七六年因健康原因辞职回家养病。一九八四年，由香港回京参加中国作家协会第四次全国代表大会，并被推举为主席团成员，重新引起人们的注意。

作品介绍

在"东北流亡作家"中，李辉英是较早便引人注目而在新中国成立后不久被遗忘的作家。他很早便来到上海，并和鲁迅有过交往。他的短篇小说《最后一课》、长篇小说《万宝山》是东北作家中最早描写东北人民抗日主题的作品。周扬于一九三六年的《现阶段的文学》一文中谈道："以沈阳事变，上海战争中士兵工农和小市民的生活和斗争为题材，当时辈出的新人，如张天翼、沙汀、艾芜、李辉英、耶林、葛琴等都送出了他们有意义的新鲜的作品。"李何林在《"左联"成立前后十年的新文学》中说："'九一八'后出现了一批东北籍作家，如萧军、萧红、舒群、罗烽、端木蕻良、李辉英、黑丁等人。"积极地评价了李辉英作为东北抗日作家的地位。新中国成立后，由于李辉英去了香港，内地一时听不到他的名字，以至渐有陌生之感。其实，李辉英在抗战时期便是一位有影响力的进步作家。李辉英一九七六年会见日本作家相浦杲时说："我写的东西，抗日意识很强烈。"（见《思念李辉英先生》，载《东北现代文学史料》第8辑）李辉英晚年在香港的作品，相当多地流露着爱国思乡的拳拳之情，作为"东北流亡作家"中的一位重要成员，应该恢复李辉英进步抗战作家的地位。

王瑶先生在一九五一年开明版的《中国新文学史稿》第二编第八章的《东北作家群》一节中，曾有过关于李辉英的评述。一九五三年新文艺出版社再版时，有关他的这一段却删除了。为使读者了解王瑶先生当年对李辉英在文学史上地位的描述，笔者现将这一段抄录于下：

其中比较早的一个作家是李辉英，他的长篇《万宝山》是企图把日帝积年的经济掠夺来解释"九一八"之前的万宝山事件之成为人民反日斗争的大运动的，但并没有写得很成功。一九三三年他又回东北看了一次，写了短篇集《丰年》，序中作者向自己说："你该把那种抒写闲情逸致的笔调，变为反抗敌人的武器！譬如暴露日本帝国主义在东北压迫、屠杀、欺骗我们弱小民族的人类暴行。同时你也该抓住现实社会的某一点，说上一些该说的话。"这本就是他所说的实践。其中《丰年》一篇写的是东北义勇军抗日战争的故事，爱和平的老农夫孙三怎样从事实教训中由落后而认识了必须参加抗日的过程。《修鞋匠》是写东北的一个修鞋匠因日本橡胶套鞋大量倾销，而他不会修补，遂由愤懑而自发地反抗那干涉他摆摊子的警察。另一篇《乡下人》写青年学生的地下反日运动。题材都是有现实意义的，作者也有激昂的情绪，作品中用的吉林土白也适宜于表达当时的情状，应该是写得很好的。但作者的思想性不强，只能表面地介绍出现象，感人的力量就差了一点。文字通畅而欠简练，说明的地方过多。

这里，王瑶先生勾勒出李辉英小说创作的基貌，但没有包括散文。

李辉英创作勤勉，创作生涯较长，作品数量较多。主要有：长篇小说《万宝山》，长篇小说《抗战三部曲》之《雾都》《人间》《前方》，长篇小说《松花江上》《复恋的花果》《苦果》《四姊妹》等；中篇小说《蔷薇小姐》《追求》《哈尔滨之恋》《乡村牧歌》等；短篇小说集有《两兄弟》《丰年》《人间集》《山河集》《北方集》等；散文集有《再生集》《军民之间》《山谷野店》《中国游踪》《中国名城游记》《李辉英散文选》《星马纪行》《乡土集》《三言两语》等。此外，尚有戏剧、报告文学集及一百多篇未录入集的散文。

李辉英的主要成就在于小说和散文。他的作品，自然质朴，清新轻灵，紧贴现实生活。无论小说、散文，取材都比较广泛。有反映东北社会实况和回忆童年生活的，有反映抗日前线军民生活的，有表现国统区生活和抗战时期光怪陆离的上海社会面貌百态的，有再现香港风情习态和南洋景色的。早期的抗战忧国，后期的思乡怀旧，成为作品情调的主旋律。数十年来，未忘祖国和东北，拳拳的赤子心不泯，楚楚的爱国情可感。

一九三二年，李辉英发表描写"九一八"后东北某省城女中学生被日军侮辱的短篇小说《最后一课》，旋即收到丁玲的来信，问他"是否可以写个长篇，用东北为背景，来表现反日的主题"。这倡议使他兴奋，他"开始搜集材料……两个半月之后果然交了卷"。这就是长篇小说《万宝山》的起因。这部长篇小说以九一八事变前吉林省万宝山事件的真实历史为背景，描写日本领事、浪人等收买汉奸郝永德，勾结地方官吏、借开水田为名，强占万宝山地区农民大片良田，制造中国、朝鲜农民的矛盾，从而引起中国农民暴动反抗的事件始末。新鲜的选材，主题的重大意义和现实性，使《万宝山》成为东北抗日题材文学创作的先声。

由于作者写得匆忙，生活准备不足，小说显得粗糙，写得并不成功。茅盾在《"九一八"以后的反日文学——三部长篇小说》一文中，尖锐地指出了小说的不足："作者并没有把久在日本帝国主义武力控制和经济侵略下的'东北'的特殊社会状况很显明地表现出来。这是全书主要的病根!"全书"简直没有写到日本帝国主义的经济侵略怎样造成了万宝山农民的不可挽救的贫困。全书给人的印象是:万宝山农民本来过的是欢乐的日子,然而郝永德勾结日本人来开垦荒地,这就糟了,所以农民要反抗"。"写东北的社会状况而忘记了日本帝国主义经济势力之独占的控制与深入,便是很大的错误。"这些都是这部小说不可掩饰的缺欠。即使如此,小说在当时客观起到的积极作用也还是被茅盾敏锐地捕捉到了:"这些作品,即使还有缺点或甚至于严重的错误,但作者的目标是前进的。读者与其去看肉麻的恋爱小说,还不如读一读这一类的作品。"①这是公正的评价。

李辉英的散文写得颇为出色,清新洒脱,自然流畅,是他创作中给人印象最深的部分。信手拈来的生活琐细事,在他笔下显出活灵活现的意义来。尤其是作者思念家乡、追忆童年生活的散文,将稚嫩的童心、北国独特的风情地貌,以及自己对故国的一片深情,朴实无华地体现出来,令人心驰神往。在《驿路广日间》中他写道:"清晨,太阳高高地照着。真可爱极了,绿树葱葱,山峦映现,再加上温风徐徐地播送,处处都使我感到欢快!"这是作者重返家乡的欢乐心境。写于香港的《乡土集》,是李辉英最动人的一组散文,它们像一串精致的珍珠,像一幅幅北国工艺画,引诱人去领略北方壮美的景致,文笔分外朴素优美。《故乡的思念》,写了作者长大后对童年记忆中的家乡金家屯的真挚情思,飘荡一片清新之风。其中最优美之处,可和萧红的《呼兰河传》的《尾声》一段相媲美。《冰雪·隆冬·严寒》和《雪的回忆》等篇,写了东北千里冰封、雪花漫舞时节的景象。庄稼人脚上穿着厚厚的草靴子,在雪地上赶着爬犁。孩童们用"压拍子"

---

① 东方未明:《"九一八"以后的文学——三部长篇小说》,《文学》1933年第1卷第2号。

在雪地上捕捉麻雀，充满稚嫩的童趣。作品的气氛是欢悦的。此外，在《土和土气》《乡下孩子》《大车》《放牲口甸子》《过年》《山乡》中，则以一个孩童的眼光，描绘庄稼人不停的忙碌与期盼。那一挂挂甩着响鞭的卖粮大车，那走村串户的货郎叫卖声，那各家门前高高堆起的柴垛，那结了冰的水缸……集体就在眼前，完全是地道的东北农村的冬季景致。当作者记起小时与伙伴偷摘黄瓜的时候，淘气的乡下孩子放顺了喉咙，唱着"扁担钩，顺水溜"或是"镰刀把，别害怕"，来通风报信，满篇都洋溢着欢腾的气氛。这种欢乐的调子，是李辉英描写东北家乡时特有的笔法，在东北作家中亦不多见。由于日本的侵略，这些美好的东西失却了，只存在记忆中。正因为不能忘却，所以印象更深了。当这欢悦的氛围与诀别家园的压抑形成强烈的对比时，在作者内心自然衬托出一种难以名状的苦闷和悲哀。内中的隐情，悱恻而缠绵，细心的读者是会留意的。

李辉英的创作个性，兼有南风与北派之长，这或许和他的经历有关。他作品的现实主义精神、乡土气味、淳朴文风，给人印象很深。作为一个东北的作家，他的名字将永远被东北人民记得。

第十三章　穆木天与高兰：
人们永记着他们的歌

简　历

穆木天（1900—1971），原名穆敬熙，一九〇〇年三月二十六日生于吉林伊通。六岁入私塾读书。一九一四年入省城吉林中学读书，一九一五年转学到天津南开中学。一九一八年中学毕业后，东渡日本留学，曾与周恩来等南开旅日同学在日本热海合影。穆木天喜化学、数学，曾幻想科学救国。由于受五四运动影响及视力限制，改学文学。一九二〇年进日本京都第三高等学校文科。一九二一年开始文学活动，加入创造社。一九二三年进东京大学法国文学科学习，受法国象征派的影响较深。一九二六年东京大学毕业后，出版了第一本诗集《旅心》，流露了感伤、忧郁的情调。同年夏回国，在广州中山大学任教，与麦道广结婚，因志趣、爱好和感情不合，后离异。年底，到北京、天津教书。一九二七年回吉林，在省立大学任教。一九三一年年初到上海，加入左联。一九三二年入党（一九三四年被捕脱党），并与彭慧结婚。九月，与杨骚、蒲风、任钧等在上海共同发起成立中国诗歌会。翌年二月创办《新诗歌》旬刊。穆木天写了发刊词，对唯美主义、形式主义的诗风做了批判，号召诗人"捉住现实，歌唱新世纪的意识"，使诗歌"成为大众歌调"，倡导"新诗歌谣化"，并完成了第二本诗集《流亡者之歌》。

一九三七年上海失守后，穆木天撤到武汉，主编诗刊《时调》和《五月》，任中华全国文艺界抗敌协会理事，组织诗歌朗诵活动。一九三八年到昆明，任云南文协分会常务理事，一九四〇年到中山大学任教，一九四二年到桂林，除在桂林师院任教外，还翻译法国作家巴尔扎克的作品，并出版诗集《新的旅途》。一九四七年到上海同济大学任教。

新中国成立后，一九四九年穆木天回长春东北师大任教，一九五二年调北京师范大学中文系任教授兼外国文学教研室主任，此后忙于教学，诗写得不多。一九五七年被错划为右派。"文革"中又受到错误批判，一九七一年十月含冤离世。粉碎"四人帮"后，在中央组织部关怀下，穆木天、彭慧夫妇得以平反昭雪。一九八一年十一月十七日，在八宝山革命公墓举行了穆木天追悼大会。悼词中说穆木天是"'五四'以来的新文学史上一位有影响的诗人和革命诗歌运动倡导者之一""著名的翻译家和外国文学研究者""一位热忱的教育工作者"。

高兰（1909—1987），原名郭德浩，曾用笔名黑沙、郭浩、浩、齐云等。一九〇九年十月十一日生。黑龙江爱辉人。三岁丧父，母亲是达斡尔族人。

一九二一年入黑龙江省立第一师范学校读书，一九二六年毕业后，进北京崇实中学高中二年级文科，次年转北京汇文高中三年级，一九二八年至一九三二年就读于燕京大学国文系。适逢九一八事变，痛感国破家亡之惨祸，积极投身进步文学创作，并参加南下卧轨的学生请愿活动。

一九三七年七七事变后到上海，又撤至武汉，致力于朗诵诗的创作。诗《我们的祭礼》作为纪念鲁迅先生逝世一周年的代祭文在武汉纪念大会上朗诵，又登在《战斗》杂志上，反响很大。他的许多朗诵诗曾在汉口、重庆的电台广播，《我的家在黑龙江》《哭亡女苏菲》等，抗战时期曾在人民群众中流传。一九三七年年底，他的诗集《高兰朗诵诗》出版，受到好评。一九四三年，《高兰朗诵诗新辑》又出版。他的抗战朗诵诗，对推动诗歌的口语化、战斗化、大众化，起了很大作用，被茅盾赞为"新诗的再解放运动"。新中国成立后，他写了《我的生活好，好，好!》，也曾为人们传诵。

一九四七年，高兰任沈阳《东北民报》文艺周刊编辑。次年到长春大学中文系兼任教授。此后，曾任山东师院、济南华东大学教授。一九五一年加入中国民主同盟，同年任山东大学中文系教授。之后主要致力于诗歌理论研究与教学工作。一九八七年六月二十九日病逝。

作品介绍

穆木天是"东北流亡作家"中资格最老的诗人，是"创造社后期的诗人比较最有成绩"（王瑶《中国新文学史稿》）的一位。他的贡献，主要体现在新诗创作和外国进步文学翻译上。

穆木天先后出版《旅心》《流亡者之歌》《新的旅途》三本诗集，集中反映了他三个不同时期的思想及艺术成就。

《旅心》是作者一九二三年至一九二六年在日本留学时期所写。情调比较忧伤，属田园诗、爱情诗之类，偏重于艺术雕琢，颇受法国现代诗派影响，内容也较为苍白。一九三〇年至一九三六年所写的《流浪者之歌》则使他的诗风有了极大改变。一九二九年至一九三一年，诗人回到吉林，其时正值"九一八"前夕。他目睹了日本人的气焰，看到东北农村的凋敝，看到"到处的士绅土匪""到处的吗啡鸦片"，深深感受到民众身上的"锁链"，感到"民众背的负担"。他说："我总是热望着，像杜甫反映了唐代社会生活似的，把东北这几年来的民间的艰难困苦的情形，在诗里，高唱出来。"正因为他自己的思想感情发生了这样的变化，创作更加自觉地反映时代，所以诗风由纤弱转为刚强，目光从象牙之塔移到普通人的生活中间。在诗中，他暴露日本侵略东北的危象，为同胞的灾难大声疾呼。国家与民族的命运，人民的悲苦，上升为他诗歌的新主题。他说："自从同东北做了永诀之后，唱哀歌以念故国的情绪是时时地涌上我的心头。"诗集中的《写给东北的青年朋友们》《又到了这灰白的黎明》《奉天驿中》《江村之夜》《在哈拉巴岭上》等诗，都洋溢着忧民爱国之情，是这时期较好的诗。如这样的诗句："千万的刀枪打入了民众的身躯，千万的刀枪刺入民众的心上，民众总有一天想到了苦痛，他们那时要举起旗向你们反抗。"（《奉天驿中》）再如《在哈拉巴岭上》：

现在夜里，那苍郁的古木上，只有压着黑暗的重云，

只是像山鸣谷应地鬼哭狼嗥，而好难瞅见有一支行人。

虽然有看路的日军，三三五五在那里巡视着新修的

铁路，

可是那依稀的灯光，那动荡的人影，越是显出那种阴

暗、深沉。

这样长而凝重的句子，很有气势，显出硬朗的现实主义诗风，是穆木天最出色的诗作之一。

穆木天的第三本诗集《新的旅途》，收录他一九三七年至一九四〇年写的诗。在如火如荼的抗战洪流中，诗人热血沸腾的气质更外现

了，诗风更加硬朗，感情更为充沛健康，高昂的抗日呼喊激荡不已。穆木天自觉地将自己的诗写得更灵活，更易为大众听懂。他热情地倡导"现实歌调"的朗读诗，号召诗歌"成为大众歌调，我们自己也成为大众的一个"。在走向抗战的诗潮中，穆木天是出色的身体力行者。上海八一三事变后，他写了《全民族总动员》：

> 大地上，今后要充满被压迫民族的咆哮，
> 现在，要收复东北，直捣强盗老巢，
> 怒吼吧中国，现在是时候已到！

通俗易懂，近于口语，是一种"号召"与"愤怒"的诗，完全适应动荡的时代。再如《寄慧》中一节，则更为干脆明快：

> 慧！请你叫立立大喊一声吧：
> "爸爸，给我多吃一碗饭，
> 我一个人也要打日本鬼子去！"

这首诗无论从形到神都颇能代表穆木天这时期诗歌的气质。穆木天的诗，往往句子较长，有气势，铺陈排比，政治性强，因此，具有一定的鼓动性和号召性。穆木天也很注重诗的形式，注意大众化诗风。他说："新诗歌运动已经十五六年了，有了一些作品，但仍未能普及到民间去，而只是少数人所读的作品，而未能获得大众性，也不能不说是一种失败。"（穆木天《关于民谣的创作》）他注意诗歌的群众性、抗战性、现实性，认识到诗歌与时代共鸣的意义，继承了中国诗歌创作优秀的现实主义传统。正因为他不但大力倡导且身体力行，所以被李辉英评价为"东北流亡作家"中诗歌创作的

"第一把交椅"①。

穆木天诗歌创作的数量较多，但留下的精品不多，这主要是他在倡导诗歌大众化，为抗战现实服务的同时，忽略了对诗的艺术美的加工，词句直白激越，鼓舞斗志，却失于太直露而少含蓄，重气势而减弱了意境的缘故。虽然如此，但它毕竟体现了东北抗战作家不可磨灭的历史功绩。此外，作为杰出的外国文学翻译家、教育家，穆木天也是极有建树的。

高兰是"东北流亡作家"中另一位较有影响力的诗人，也是抗战朗诵诗的先驱。他从北陲的风雪中走出，以自己浓郁的东北地方色彩和抗日气息的诗篇，汇入东北抗战作家的行列里。

他最著名的一首诗是《我的家在黑龙江》：

到清明时节才能开江，

江里的冰，一块一块，

像白玉的床，

像大理石的塑像，

昼夜不停地流，

昼夜不停地响，

那是塞外春风里伟大的歌唱。

…………

十月里雪花大如掌，

锦绣的河山，

一片白茫茫。

---

① 李辉英：《三十年代初期文坛二三事》，《长青》1980年11月号。

到处是玉树银花！

再也分不出庐舍田庄。

路上的行人哪，

像一个寒鸦飞进了白云乡！

在描绘雄伟壮丽的北国风光上，高兰的这首诗在同时代诗人中可称为最出色。文笔朴实而优美，感情真挚动人。那"像白玉的床"的江上的浮冰，那"玉树银花"装扮下的一片白茫茫田舍，描出了北国的雄浑气魄，写出了北国的自然美。尤其"像一个寒鸦飞进了白云乡"这一句，脍炙人口，诱发人无尽的联想。只有热爱家乡的人，才会写出这样动人的诗句。爱国的情愫和爱家乡的思念，充分熔铸为一体。

在一九三七年武汉抗战动员中，高兰的朗诵诗起到很大的宣传作用。如《是时候了，我的同胞》：

人在怒吼，

马在嘶叫，

苍天在旋转，

大地在狂啸，

子弹在枪膛跳跃，

大刀在手中咆哮！

杀呀！

杀呀！

血的债只有用血来偿。

对于侵略者还有什么容饶？

全篇气势连贯、刚劲，节奏鲜明，语言短促、铿锵，充溢沸腾的爱国热情，格调明快。此外，《九年》《我们的祭礼》《哭亡女苏菲》《山岗上》《祖国的天空开了花》等，当时都曾在民众中传诵。它们随着时代的脉搏跳动，真挚的感情抒发着人民投身抗战洪流的感受，都是很有影响的。

再如，在《再会吧，小姐》里，作者号召青年投身到抗日烽火中去，热烈的语调产生很大的感召作用：

哭什么呢？我的姑娘？
谁不曾倒在母亲的怀中数星光，
谁不曾围在爱人臂里恼垂杨？
…………
可是，国破，家亡！
地狱里的奴隶们，
还妄想什么天堂？

高兰诗的特点，是有着充沛的爱国主义激情，浅明近于口语，强烈的时代精神由内心自然喷发而出。既有豪放、雄伟的一面，也有细腻、绚丽的风采。用新诗的形式来描绘家乡黑龙江的景色，写得出色，更是东北作家中的第一个。抗战胜利后，他的诗与时代的洪流有些脱离，新中国成立后他一直忙于教学，诗作不多，诚为可惜。

第十四章　塞克：抗战戏剧的先驱

简　历

塞克（1906—1988），原名陈凝秋，一九〇六年七月二十六日生于河北霸县（今霸州市）一农民家庭。在家读完小学，一九二二年离家到哈尔滨。一九二四年任哈尔滨《晨光报》编辑、副刊主编。因思想激进，倾向革命，于一九二六年被捕入狱，三个月后出狱，遂失业。

一九二七年八月塞克去上海，入上海艺术大学学习美术与文学，在"鱼龙会"（"南国社"的前身）演出的日本话剧《父归》中饰主角成功，从此和戏剧发生联系。此后，在《南归》《莎乐美》等进步戏剧中均饰男主角，从此声名大振。一九二八年出版了第一本诗集《追寻》。

一九二九年，塞克返回哈尔滨。他十分向往苏联，曾抵满洲里，因没有护照而无法出境。返哈后，出版了第二本诗集《紫色的歌》。一九三〇年，自编自导自演了话剧《北归》；一九三一年，导演话剧《哈尔滨之夜》，在哈市赈灾游艺会上演出。九一八事变后，他在地下党员金剑啸、姜椿芳帮助下，一九三一年初冬搭难民火车到绥芬河，经东宁入苏联境内。不料被苏方边防军当作间谍，送往伯力看押一冬，于一九三二年春送回绥芬河。塞克失望之余，一路讨饭至小绥芬河，愤然参加一支抗日义勇军。半年后该队伍自溃。他遂于一九三三年春又回到上海。

在上海，应洪深相邀，塞克进入电影界。曾在《铁板红泪录》《同仇》《上海二十四小时》《华山艳史》等片中饰男主角。一九三四年，第一次以"塞克"为笔名，创作了著名的抗日题材话剧《流民三千万》，该剧的同名主题歌曲由冼星海谱曲。这是他们合作的我国第一首著名的抗日救亡歌曲。一九三五年，该剧在上海剧院上演成功。此后，塞克又写了《铁队》《狱》《太平天国》等剧本，以及著名诗歌《救国军歌》《心头恨》，同时还翻译高尔基的《夜店》和许多苏联歌曲的歌词，创作及文艺演出都很活跃。

一九三七年上海抗战爆发后，塞克写出了《保卫卢沟桥》《全国抗战》等话剧。任中华全国戏剧界抗敌协会理事，并参加上海救亡演出的第一队，到南京、河南、山西等地进行抗日救亡宣传演出。一九三八年十月在临汾参加丁玲领导的西北战地服务团，与冼星海共同创作了《东北救亡总会会歌》。参与创作话剧《突击》之后，到了延安。

在延安，塞克担任过延安青年剧院院长、边区剧协副理事长。导演了《铁甲列车》等剧。他与冼星海合作，创作了《生产大合唱》，获得成功。一九三九年，延安"鲁艺"上演了他的话剧《流民三千万》，冼星海补写了剧中插曲《满洲囚徒进行曲》，产生很大反响。一九四一年塞克被选为陕甘宁边区政府参议员、边区文化工作委员会委员，一九四二年参加延安文艺座谈会，一九四三年入中央党校学习。其间，他创作了剧本《奸灭》和一些抗日歌曲。

抗战胜利后，塞克在东北先后担任热河省文联主任、佳木斯文联主任、东北文联常委、东北戏剧工作委员会主任、东北鲁迅艺术学院院长、辽北省教育厅副厅长兼辽北学院副院长等职。一九四九年出席第一次全国文代会，被选为全国文联常委、全国剧协理事。一九五一年任东北人民艺术剧院院长，一九五三年任中央实验歌剧院顾问，后改为中国歌剧舞剧院顾问。

一九五六年为纪念人民英雄纪念碑落成，塞克发表长诗《纪念碑》。

一九八八年十一月十八日塞克在北京病逝。

作品介绍

塞克是"东北流亡作家"中多才多艺的一位。他曾做过话剧演员、电影演员，做过导演。他是小说家、剧作家、诗人，写过描写东北生活的小说，出版了几本诗集，他最突出的则是抗日戏剧的创作。他先后写的十余个剧本，有九个写于抗战中，直接反映了抗日救亡的主题。其中，《流民三千万》《保卫卢沟桥》《突击》《八百壮士》最为出名。

《流民三千万》是塞克的代表作。这是个三幕话剧，原载一九三六年六月的《文学丛报》第3期上，是"东北流亡作家"第一个在关内出版的反映日伪统治下东北同胞生活的剧本。

该剧表现东北沦陷后，那里已无异于人间地狱；日寇所过之处，烧杀抢掠，家破人亡。日寇疯狂地抓劳工，征人头税，抓思想犯，还逼"犯人"修机场、开矿山。剧本的主人公周克明就是这样的一个"犯人"。他是一个坚决抗日的知识分子，在难友的协助下砸断脚镣试图逃走，被敌人发现，最后被活埋了。当周克明被一步步地逼向坑边，"犯人们"被逼着一锹锹地填土，最后埋到周克明只露出一个头时，当"犯人们"不忍再填，鬼子兵狞笑着竟用马靴猛踢周克明的脸时，真是悲惨万分。这被扼杀的生命，流干的鲜血，何止周克明一人，而是东北三千万同胞的缩影。人们带着满身的血迹，跨过同胞的尸体，越过倒塌的房屋。人们高歌着，呼喊着，这时，全剧的主题歌激昂荡起，像暴风骤雨敲击着人们的心弦：

　　　殷红的血映着火红的太阳，
　　　突进的力，急跳着复仇的决心，
　　　我们是黑水边的流亡者，
　　　我们是铁狱里的归来人。

　　　暴日的铁蹄踏碎黑水白山，
　　　帝国主义的炮口对准饥饿的大众。
　　　青天已被罪恶的黑手撕破，
　　　长空飞闪着血雨腥风。

　　　创痛的心刻着紫色的烙印，
　　　我们衔着最大的仇恨。
　　　我们拼着最后的决心。
　　　洗清我们中华民族的国土。
　　　开辟条解放奴隶的道路。

　　这歌词是何等悲壮、激昂，像闪电划过夜空，像雄鸡高啼着黎明，给抗战的人们以振奋，给流亡的人们以安慰。《流民三千万》以其时代的雄浑主题，赤裸的东北生活的再现，震撼心魄的艺术感染力，打动了人们的心。它表现的奴隶的意志，是那个时代最需要的。观众已无暇注意剧本的凌乱和粗糙，而被它的"血和力"的控诉所折服了。

塞克还与冼星海合作，创作了《救国军歌》，在抗日群众中广为流传：

　　枪口对外，齐步前进！

　　不伤老百姓！不打自己人！

　　我们是铁的队伍，我们是铁的心！

　　维护中华民族，永做自由人！

此外，塞克作词的《东北救亡总会会歌》《生产大合唱》，都广受欢迎。《生产大合唱》反映抗战时期的解放区生活，一直深受人们喜爱：

　　二月里来好春光，

　　家家户户种田忙。

　　指望着今年收成好，

　　多捐些五谷充军粮。

塞克不仅有艺术才华，更有一种艺术敏感，当它们和时代的洪流融合在一起时，就显出卓尔不群的魅力。塞克坚持深入群众，并能及时表达自己在生活中的感受。他的作品，时代精神强烈，风格朴实明快，形式又通晓流畅，所以能受到广大群众欢迎。

塞克的小说《东路线上》，表现"九一八"后东北牡丹江地区人民抗日的情况。小说艺术上不无稚嫩处，但充满时代气息，值得一读。此外，他早年写的两本诗集《追寻》《紫色的歌》，反映了他当时在社会的跋涉与寻求。塞克多方面的艺术成就，是东北人民该为之骄傲的。

第十五章 其他东北作家

金人（1910—1971）

金人原名张君悌，张少岩，曾用笔名田丰、张恺年等。河北南宫人。

金人于一九二七年到哈尔滨东省特区地方法院当雇员，一九二八年任《大北新报》编辑，一九三〇年重回东省特区地方法院任俄文练习翻译，并学习法律。在此期间开始从事文学写作。九一八事变后，写了反对日本侵略的杂文、小说和诗歌。一九三三年结识罗烽、金剑啸、姜椿芳、舒群、萧军、萧红等人，往来密切。一九三四年开始从事苏联文学的翻译工作。曾在鲁迅主编的《译文》上发表译作《少年维特之烦恼》《退位》等。在哈尔滨《国际协报》、黑龙江《民报》副刊上发表小说、诗和评论文章，如：诗《受伤的灵魂》《怀人》《过去》《死神的胜利》，杂文《幼稚病》《慈善家的道德》《有闲与有钱》《屁话》，小说《出路》《归宿》《忏悔》等，创作勤奋。

一九三七年年初，金人离开哈尔滨到上海，开始了以翻译外国进步文学为主的新时期。他最初的译著，是经过鲁迅的引荐的。一九三五年年初，金人将刚译完的苏联作品《滑稽故事》寄给萧军，萧军写信给鲁迅，鲁迅表示愿意协助。他阅读了金人的作品，颇为赞赏，致信萧军说："金人的译文看了，文笔很不差。"还嘱他多译、快译，说："检查是不会有问题的，销路大约也未必坏，就约他译来，收入丛书内，如何？"关怀之情溢于言表。后来，《滑稽故事》终于出版。

一九四二年，金人去苏北解放区，曾任苏北行政公署司法处处长。一九四三年回上海以律师身份为掩护从事地下工作，一九四五年再返苏北，任苏中行政委员会法制委员会主任。

抗战期间，金人翻译了苏联作家肖洛霍夫的著名长篇小说《静静的顿河》。后又翻译了《伊万·尼古林——俄罗斯水兵》《从军日记》《荒漠中的城》等作品。为中国读者较早地了解苏联文学的优秀作品做出了贡献。

抗战胜利后，一九四六年金人到东北文协工作。后到哈尔滨任东北文协研究部副部长、出版部长，一九四八年任东北行政委员会司法部秘书处处长。一九四九年十一月任出版总署编译局副局长，一九五一年先后在时代出版社、人民文学出版社做编译工作。抗美援朝战争期间，与人合译《普通一兵——亚历山大·马特洛索夫》。

金人集翻译与创作于一身，新中国成立后还发表了许多杂文和评论，如《我爱我的祖国》《春到北京》《谈电影〈静静的顿河〉第一部》等。他先后翻译了苏联著名作家潘菲洛夫的长篇小说《磨刀石农庄》、柯切托夫的《茹尔宾一家》，一九五九年又重译了《静静的顿河》。此外还有译著：绥拉菲莫维奇的《草原上的城市》《在南方的天下》，契诃夫的《草原》，华西列夫斯卡娅的《只不过是爱情》，B·梭布珂的《同盟者的真面目》，高尔基的《克里姆·萨姆金的一生》，尼·维列琴尼珂夫的《列宁的童年》，法捷耶夫的《青年近卫军》。

新中国成立后，金人成为我国著名的外国文学翻译家，"文革"

中受到迫害，一九七一年死于文化部五七干校丹江口分校，终年仅六十一岁。粉碎"四人帮"后平反。

林珏（1914—1971）

林珏原名唐景阳，笔名有达秋、景阳、井羊、刘耳等。黑龙江安达人。

一九二九年林珏来到哈尔滨，先在同记工厂学徒，又入第二中学读书。在学校时思想进步，积极参加进步文学活动。一九三三年在哈尔滨参加党领导的"反日会"。这时期，已先后在哈尔滨的《国际协报》《大北新报》《哈尔滨五日画报》和长春《大同报》等副刊上发表小说、诗歌等。如《零絮集》《夜》《在苦闷中》《呼声》《麻木》《归来》《秋之夜》《乡居杂诗》《送别流亡者》《风流会长》等五十余篇，其中以诗歌居多。内容表现对黑暗现实的愤懑，对劳动人民的同情，也抒发自己内心的苦闷和期盼，与萧军、舒群等人互有往来。

一九三六年九月，林珏和爱人周玉兰离开哈尔滨到上海，积极从事抗日文学活动。一九三九年，他的短篇小说集《山村》由上海文化生活出版社出版。一九三八年，林珏在上海入党。一九四一年二月，经组织介绍，他到苏北抗日根据地参加了新四军，先后在鲁艺学院华中分院、新四军第三师政治部、苏北联合中学、苏北建设专科学校等处工作。一九四五年十一月到哈尔滨，任哈尔滨日报社社长、东北日报社副社长，后担任过哈尔滨市人民政府秘书长、教育局局长，中共哈尔滨市委宣传部副部长，松江省人民政府文教委员会副主任、教育厅厅长，沈阳师范学院副院长等职。一九五八年任辽宁大学副校长。"文革"中，他和爱人周玉兰先后被迫害致死。一九七七年十二月正式平反。

林珏创作成就在于他的短篇小说，尤以《山村》《鞭笞下》《火种》这三部短篇小说集为代表。

《山村》是林珏刚到上海时写成的，收录五篇作品，表现日伪统治下东北社会的状况。其中，《锄头》通过日军在街头当众用锄头锄死四个"犯人"的过程描写，表现了日本侵略者的残虐统治。《山村》描写日军强迫一个村子的百姓集体迁到百里外的所谓"治安区"去居住，从而引起农民反抗的事件，表现出积极进步的思想倾向。

《鞭笞下》和《火种》写于稍后。《鞭笞下》的第一部中，表现抗战初期上海的生活场面，较引人注意的是《老骨头》和《晨前记》。《老骨头》写一个老农民，冒着日军的炮火为阵地上的抗日将士送饭，他恳求连长留下他，"允许我跟你们冲锋""我也卖卖老骨头"。他最后负了伤，却满足地说："老骨头总算卖了光荣的价钱啦。"小说只两千多字，像个速描，人物写得却很集中。"老骨头"以其特有的行动和语言，展示了中国群众渴望抗日的精神面貌。《晨前记》展现日军占领下的上海缩影：穷人露宿街头，盖着布片御寒。街对面的舞厅中，外国水兵与卖笑女人在通宵作乐，黄浦江上停泊着"巨兽似的炮舰"，虎视眈眈。缩写式的镜头，酣畅地将沦陷后的上海社会的畸形与腐朽反映出来。

《鞭笞下》的第二部和第三部，表现日本占领的东北社会生活。比起《山村》来思想更为进步，描写得更为具体、生动，给人以真切的感受。《来客谈》《乡音》通过由东北来上海的人的口述，介绍当时东北的实貌：小学、中学和大学都执行着奴化教育，学生必须学讲日本话，穿"和日本学生一样"的"哔叽制服"。男学生学习军事体操，女学生"缝慰问袋"，到"国防军驻地司令部去洗衣服"，还"练习抱孩子"……到处抓兵。有一家老两口，为不让独生子被征去当兵，母亲亲手用烟面子把儿子的两眼揉得冒血，兵没被挑上，但儿子害了半年眼病，"到底瞎了一只"……作者以冷静从容的态度，叙述这些触目惊心的事实，使千万个读者了解和感受到当时东北人民生活的真实苦难。《寄押犯》《鞭笞下》《卖田》《腊尾年头》《不屈服的孩子》等，都是使人振奋、使人沉思之作，技巧上也很娴熟。

林珏的抗日题材短篇小说写得很好。短小精悍，时代感、现实性都很强，语言流畅，感情含蓄，无论思想性及艺术性，在当时就已达到较高的水准，这是很难得的。

孔罗荪（1912—1996）

孔罗荪原籍上海，生于山东济南。曾用笔名罗荪、鲁孙、孟丝崔、叶知秋、野黎、宇文宙、董代、罗衣寒、周宓。

孔罗荪在上海、北京读过小学、中学。一九二八年随家迁往哈尔滨，考入哈尔滨市邮电局，在道外五道街邮局做职员。从此他开始爱好上文艺，试着进行文学创作。一九二九年，他在哈尔滨《晨光报》副刊《绿野》上发表了处女诗作。之后，又写了长篇小说《新坟》，并开始在《国际协报》副刊上连载。

一九二九年起，孔罗荪在《国际协报》主编文学副刊《蓓蕾》，每周发行一次。一九三〇年，孔罗荪调往长春工作，继续利用通信进行编辑业务，同时进行创作。他写了诗歌《我在谛听》，诗中出现了工厂的汽笛，表明作者的立场已更加接近人民大众，更加关注下层劳动人民的生活。他还写了短篇小说《红头火柴》，描写一家火柴工厂剥削压迫童工的现象。这时期他还写了短篇小说《闹》等，表现了对日本帝国主义在长春凶暴行为的厌恶，这些作品都发表在《蓓蕾》上。此外，他还在《哈尔滨五日画报》上发表了《幻灭》，在《国际画刊》上发表《风波》等作品。

九一八事变后，《国际协报》遭封闭。一九三二年九月，孔罗荪和爱人离开哈尔滨来到上海。

一九三五年，孔罗荪到了武汉，任《大光报》副刊《紫线》主编。一九三七年起与冯乃超、蒋锡金合作，创办《战斗旬刊》并任主编。一九三八年，任汉口、重庆中华全国文艺界抗敌协会理事兼出版部副部长，刊物《抗战文艺》编委。一九四〇年，任重庆《文学月报》主编，并在文林出版社主编了一套《文学集丛》。

这个时期孔罗荪的创作也较为活跃，写有杂文《野火集》（1936年）、《小雨点》（1942年）、《最后的旗帜》（1943年），评论文集《文艺漫笔》（1940年），小说集《寂寞》（1943年）等。

新中国成立后，孔罗荪先后在南京市文联、上海市作协、上海市文学研究所工作，一九七八年调往北京，任《文艺报》主编。成为我国著名的文学评论家之一。

孔罗荪虽然不是东北籍作家，但他十六岁便来到东北，在哈尔滨、长春生活了较长时间。他在这里开始了自己的文学生涯，用作品反映当时东北社会的生活。以后流亡关内，继续创作反映抗日斗争的作品。在二十世纪三十年代"东北流亡作家"的行列里，他理应占有一席位置。

杨晦（1899—1983）

杨晦原名杨兴栋，号慧修，辽宁省辽阳县小营盘村人。杨晦与穆木天一样，是"东北流亡作家"中资格很老的作家。幼时在家乡就读，一九一七年入北大哲学系学习，曾参加五四爱国学生运动。一九二〇年由北大毕业后，到沈阳第一师范学校任教，后到太原国民师范学院、河北定县（今定州市）等地任教。一九二二年创作反映婆母害死儿媳的社会问题剧本《谁的罪》，受好评。一九二三年夏去厦门集美学校任教，同年秋回北京，发表剧本《来客》。一九二四年到山东第一师范学校任教，创作诗剧《屈原》。一九二五年秋，在北京与冯至、陈炜谟、陈翔鹤等人组织文学团体"沉钟社"，创办文学刊物《沉钟》，前后坚持近九年，对以后的文学界产生过一定影响。"确是中国最坚韧、最诚实、挣扎得最久的团体""在文艺方向上有力的"。这期间，杨晦在北京、天津等地任教，先后发表剧本《苦泪树》《庆满月》《笑的泪》《除夕》《楚灵王》等，并翻译外国文学作品，出版戏剧集《楚灵王》。

抗战期间，杨晦在西北大学中文系、重庆中央大学任教，发表文学评论文章。一九四七年到上海幼稚师范专科学校任教。一九四九年四月，由香港到北京，参加第一次全国文代会，一九五○年加入中国共产党。新中国成立后，一直在北大中文系任教，还曾担任中国作协理事、中国科学院文学研究所学术委员会委员、《文学评论》常务编委。著有文学评论集《文艺与社会》及《曹禺传》，翻译的作品有《被幽囚的普罗米修斯》《当代英雄》等。

抗战时期，杨晦的成就主要在抗战戏剧的创作上。一九三三年他写了五幕话剧《楚灵王》。该剧通过蔡国军民上下团结一致，成功保卫国都的故事，歌颂了正义事业必胜。楚灵王失道寡助，最后遭惨败而自缢身死。这个人物充满讽刺意义。在全民族抗日斗争日益发展的背景下，这个历史剧的现实内蕴是不言自明的。后来，杨晦又试图创作历史剧《伍子胥》，却最终没有完成。

于黑丁（1914—2001）

于黑丁原名于敏道，曾用笔名于雁，山东即墨县（今青岛市即墨区）苏口村人。

早年他曾在东北生活，一九三一年九一八事变后流亡关内，开始从事文学创作。一九三三年加入左联，一九三五年至一九三七年，在上海《文学》《作家》《中流》《光明》等许多刊物上发表过作品，八一三事变后，离开上海，转赴延安。在延安文艺界抗敌协会任秘书长，一边创作，一边从事文艺工作的组织和领导工作。一九四五年到晋冀鲁豫边区任文联常务理事兼编辑部主任。后参加土改，任土改工作团工委副书记。一九四八年抵郑州，任中原局机关报《中原日报》编辑部副主任和中原文协副主席。一九四九年到武汉，任中南局宣传部文艺处处长、中南文化部文艺处处长。以后，相继担任中南文联副主席、中南作协主席及党组书记、武汉作协主席、湖北文联主席、《长江文艺》主编、武汉市委宣传部副部长、中国作协理事等职。一九六三年调河南，任河南省文联主席、党组书记等职。

于黑丁的主要作品有短篇小说集《炭窑》，反映了抗战期间解放区军民及国统区的广阔生活场面。还有小说《农村的故事》《母子》，论文集《作家·阶级·时代》等。在"九一八"以后，于黑丁和其他从东北流亡入关的东北作家一道活跃于关内文坛，用作品反映东北沦亡，被人们视作"东北作家群"中的一员。他的小说《九月的沈阳》，描写了"九一八"后的沈阳实景，真实泼辣，在当时即有较大影响。

于毅夫（1903—1982）

于毅夫原名于成泽，字毅夫，黑龙江肇东人。
于毅夫是我党的一位老战士、优秀的统一战线工作者，同时也是东北新文学最早的开拓者之一。"九一八"后，他主要从事东北救亡的宣传工作和东北文化工作的组织领导，创作不多，以致很多人对他不甚了解。

一九二〇年，于毅夫考进北京高等补习学校，一九二一年考入同济大学机械科，因阅读进步书籍与守旧的教员发生冲突，半年后即被开除。一九二二年夏入北京平民大学，结识了教授许地山，在他的影响下试着练笔习作。一九二四年夏转入燕京大学历史系，开始了他的文学生涯。他的处女作《雪》，发表在北平《晨报副刊》上，表现了北国特有的蛮荒和混沌的冰雪世界，表现贫苦农家的压抑悲凉的境地，出手不凡。王统照先生特意为之发表的编者按语说："于君是黑龙江人，现在燕大读书，他对于中国极北边的生活甚为熟悉，如此篇所写的可见一斑。我们以为中国特殊地域的地方色彩，在现今的文坛上表现得很少，近来本刊上所刊登的宫天民君的惨闻及此篇，都很令人注意。"

一九二五年至一九二七年，于毅夫在《现代评论》《小说月报》《语丝》《晨报副刊》《京报副刊》《燕大周刊》和上海《文学周报》上，以"于成泽"的名字发表大量的散文、小说和诗，并成为中国文学研究会会员。此外，还在《燕大周刊》任过经理部部长和编辑。

一九二五年，于毅夫成为当时新文学运动中的一个进步文学社团——绿波社的成员。他在北京积极参与《文学周刊》的编辑，旗帜鲜明地站在鲁迅先生的麾下，与萨空了、焦菊隐、于赓虞、孙席珍、姜公伟等互有往来，作品直面社会，抒写人生，推动中国新文学的第一个十年蓬勃发展。

一九二五年，于毅夫在《文学旬刊》上发表小说《慈惠殿》，描写一位东北青年毅然离家，追求事业和纯洁的爱情，由于强大的旧势力的压抑，心愿未竟，最后在异乡的破庙中孤寂死去。小说《他流着眼泪走了》，描写的也是一个相似的主题。东北青年学生伟夫，怀着对整个社会的敌视，流着眼泪离家走了。可是，他又能走到哪里去呢？出路在何方？小说没有答案。主人公这种苦闷、彷徨、痛苦的经历和心境，即是于毅夫自己当时的影子。

兵灾匪患下的东北农民的苦难，是于毅夫那时小说创作的又一主题。《破晓》以白描式速写笔法，描绘祖平、大姐被土匪残害致死的惨况，血腥的空气中回荡着稚童嘶哑的哭喊。《活埋之后》中那个只因哥哥被逼当了土匪，就要被李团总残忍地活埋的小海青，那临终时的哀告，令人久久战栗。当读到"海青悲泣的声音，便被湮没在黄土的颤动之中"时，压抑的气氛简直使读者不忍再读。在小说结尾处，海青的哥哥深夜摸进村，杀死了李团总，报了仇。这结局像茫茫黑夜的一丝亮光，给尚在苦熬的人以慰藉。雄浑悲凉的气氛，时代性主题，是于毅夫小说的突出特色。

比起小说来，于毅夫的散文、游记，写得更为娴熟。《吉黑水游记》《乡游琐记》《什刹海的月夜》《苍蝇》，都是写得很好的。上至风云变幻、寥廓无垠的塞外寒天，绿草茵茵的松嫩平原，下至猪狗骡马，农民的婚丧嫁娶、风俗逸事，无不信手拈来，生动入神。无论是骄横的日本人，还是胆小的庄稼汉，无论是遍野的大豆高粱，还是关东平原土壤醇浓的芳香，都具有北国的特有气息。美妙的大自然和人物的悲惨命运互相衬映，产生深邃的历史美感。在这片泥泞的土地上，人们怀着无比的信念挣扎向前，寻求一条通向光明的路径。于毅夫的创作，反映的正是东北社会由黑暗向光明嬗进，一个历史转折关头的人们朦胧觉醒的心态。对于那时尚年轻的其他东北作家来说，于毅夫无论在创作的实践还是政治经验上，都是名副其实的"老大哥"。

九一八事变以后，大批东北学生和青年流亡平津。一九三六年，于毅夫担任中共中央北方局直属东北特别工作委员会宣传部部长，直接开展对东北流亡学生的宣传工作，曾负责党的地下刊物《长城》。他还担任东北人民抗日会和东北旅平各界抗日救国联合会的负责人，主办救亡刊物《东北之光》《东北呼声》《东北生活》等。代表组织热忱关心和帮助流亡的一批进步东北作家，和他们建立了深厚的友谊。

流亡北平的金肇野、马加，以及写出《鲁北烟尘》的石光，都在抗日救亡活动中得到过于毅夫的支持。于毅夫还曾设法帮助李辉英找到职业，后来，李辉英直接参加了东北救亡总会的工作。北平失陷后，大批平津学生一时聚集山东。于毅夫当时在东北救亡总会济南办事处负责，安排进步学生奔赴抗战前线。马加、师田手、董速等东北作家，当时都曾得到他亲切的友情和资助，投身到抗日救亡的洪流中。

上海沦陷后，一九三八年，于毅夫在武汉主办东总机关刊物《反攻》，与东北作家有了更多接触。他请端木蕻良、萧红担任《反攻》编委，和舒群、罗烽、白朗也过从甚密，深得这些东北作家的尊敬。当时应于毅夫之请，先后担任《反攻》编委和在上面发表过作品的东北作家有十几位之多。

一九四〇年，于毅夫听说萧军准备去南洋，就三次找舒群问及此事，希望萧军能和舒群一起去延安。他为萧军赴延安做了细心妥善的准备，将萧军一家接到重庆东总会址居住，安排萧军、舒群经宝鸡、西安，顺利安抵延安。

一九四一年，于毅夫按照党的指示，以东总负责人的身份去香港。他多次帮助骆宾基和萧红，解决他们的具体困难，使他们感受到党的温暖。据周鲸文回忆，萧红病重时，是于毅夫和端木蕻良用担架把萧红抬到周宅的，于毅夫关切地询问病情，临走又交代许多具体的事情。他指定专人负责萧红撤离香港事宜，当面叮嘱："萧红他们一天不离开香港，你一天不能走。一待萧红病体稍安，立即登程。他们是我们东北的作家，人才，绝不能落在日本人手中！"

抗战胜利后，于毅夫曾任嫩江省人民政府主席，新中国成立后，在吉林省任领导职务。十年动乱中，于毅夫身陷囹圄长达七年之久，身体遭受摧残。一九八二年病逝。

于毅夫为东北新文学的问世，铺路垫石，为"东北流亡作家"这株幼苗，滋润雨泽，功不可没。

李满红（1917—1942）

李满红原名陈庆福，后改为陈墨痕，辽宁庄河人。九一八事变后流亡关内，先后在北平知行补习学校和国立东北中山中学读书，积极参加一二·九学生抗日救亡运动。其间，在北平《中学生》上发表一些短诗。

抗战全面爆发后，李满红辗转流亡南京、长沙、桂林、重庆等地。一九三九年在重庆结识端木蕻良、萧红、章靳以等作家，一边继续读书，一边从事诗歌创作。同年考入西北联合大学外文系学习俄语。一九三九年至一九四二年，他以李满红为笔名，写作诗歌，分别在桂林《诗创作》、重庆《诗垦地》、香港《时代文学》上发表。诗集《红灯》，由挚友姚奔所编，列入章靳以主编的《现代文艺》诗丛出版。一九四二年六月十二日，李满红于陕西汉中病逝，年仅二十五岁。

李满红的代表作是诗集《红灯》和长诗《向敬爱的祖国》。

诗集《红灯》共收有三十七首诗，取材广泛，形式活泼，语言朴实畅达，感情炽烈。全集贯穿的一个基本主题，是为祖国的解放而战斗。他的诗，既有现实主义的深沉，又有浪漫主义的气魄。舒展奔放，形成他独特的风格。诗中常运用生活中的普通事物，说明某种哲理。如《火柴》中，火柴"不过是一寸长的身躯""一刹那的生命"，换取的却是"照耀黑夜"，成为"燎原的大火"。《蜘蛛》一首中写道："怎样狡猾的小虫，怎样可怕的仇敌，只要它，大胆地飞来，哪怕它不变成俘虏？"在《春雷》中，诗人描绘了春雷的响动和力量："这宇宙的春雷，冲破云雾对于新季节的封锁……这声音是如此沉重！撞着坚实的大地，就击开岁月的凝固，而让僵冻的冰雪瓦解了。"在《海燕》中，诗人的心灵发出了憧憬："虽然今夜在这儿，安然地歇宿，但我们却渴望着明天。"如果我们联系诗人所处的那个动荡的民族危亡关头的抗战环境，联系诗人的颠沛经历和慷慨悲壮的抗日心情，诗中的"照耀黑夜"的火柴，让"僵冻的冰雪瓦解"的滚滚春雷，"渴望着明天"的海燕，让侵略者成为"俘虏"的蜘蛛，它们的寓意象征，所言所指是很有寓意的。在《溪水》中，诗人形象地描绘了溪水奔向大海的过程，他写道："溪水是终必流入海洋的……而流亡者，也应当像溪水一样啊！"这实际上是以溪水为喻，对自己参加革命队伍的鞭策。对李满红知之很深的端木蕻良曾评价他："满红的感觉是敏锐的，对当时的社会有分析，有看法，头脑是清醒的。满红的感情充沛……内心的音符是高的。假如给他以充足的时间，他会表现出与马雅可夫斯基近似的锋芒来。"（见《怀念满红》，载《东北现代文学史料》第7辑）

千行长诗《向敬爱的祖国》写于一九四〇年。作品通过"我"的半生经历，记录了二十世纪三十年代中华民族的一段血火交并的苦难历程。作品从降生在"祖国东北"的"我"写起，抒写幼年的"我"对东北的爱、对祖国的爱。后来，"我"流亡到北平，参加了一二·九运动，又流亡到重庆，到处都遇到不屈服的人们，到处都是救亡的呼声。"我"与祖国的命运已不可分了。在结尾，作者写道："祖国呀！为了这民族革命的成功，让爱迪生的思想和牛顿的智慧，成长起来吧！让马克思的天才和列宁的精神，成长起来吧！"

从这首具有自传性质的长诗里，我们看到了诗人对祖国母亲的深沉炽热的赤心，对未来的胜利的坚定信念。全诗气势磅礴，感情热烈，奋勇向上，具有强烈的艺术感染力。诗人的浪漫主义气质和闪灼的才华，如长风出谷，璞玉待琢，令人惊喜不已。这样内容与形式俱佳的诗，出自一位仅二十余岁的青年，实在难得。正因为如此，李满红的早逝，使人们深深惋惜。

耶林 （1901—1934）

耶林原名张星芝，字鹤眺，又名张眺，曾用笔名叶林、耶灵、零鱼、E、L等。山东潍县寒亭（今潍坊市寒亭区）人。

一九二一年，耶林随哥哥到东北呼兰的伐木工场等地生活，体验了东北人民的生活。一九二二年耶林离开东北，先后在济南、青岛、杭州、上海从事革命活动和创作。一九三〇年参加左联，还是上海左翼美术家联盟（"美联"）的主要领导人和党团成员。一九三二年被党组织派往中央苏区工作，曾任闽浙赣苏维埃政府教育部部长兼列宁学校校长。一九三四年不幸牺牲。

耶林是较早反映东北人民生活的作家。他的短篇小说《月台上》（发表在一九三二年《文学月报》第1卷第4期）写得相当成功。小说取材于二十世纪二十年代后期东北社会，批判了一部分东北农民逆来顺受的奴性心理，揭露了日本侵略者的残戾嘴脸，具有很好的认识价值。小说主人公是一个住在森林中的老人，他为了活命糊口，一再乞怜于日本人和他的中国工头，又一再被嘲弄抛弃，最后在长春的车站月台上被日本人当小偷抓住，被戏弄、作践、侮辱。他成了一个驯良的奴才，一个尽力讨好日本主子的可悲动物。

他会扇动自己的耳朵，学说日本话"啊里牙岛"来讨日本绅士妓女的狂笑。胡风先生在《密云期风习小记》中很详细地介绍了这篇小说，给予分析：

> 他一时睡在地上，一时坐起来，他学会一个骆驼，又学会菩萨，他的戏法层出不穷。日本人命令他吃地上的雪，他就跪起来，像猫一样，舔吃了他身边银灰色的雪。日本兵又命令他学狗叫，他就仰起头了，一边扇动耳朵一边叫，并且学一个哑嗓子的狗叫……
>
> 这是怎样的画面哪！不必读到最后的绿色的棍子在空中画一个圆圈，空气被挤压出唑唑的声音来，落在他脑壳上的一击，这就已经使读者难以忍受了。

胡风指出，作者在创作态度上"流露着实感"，对题材的把握"表现了积极的精神"。作品虽然写的是灵魂麻木的被踩躏的东北农民，却具有更深远的耐人寻味的意义。恰如胡风说的"这篇作品就是现在也还没有失去它的生命，读着它我们依然能感受到那后面发热的作者的不愿屈服的精神活动"。

作为东北进步文艺运动的先驱之一的耶林及其小说《月台上》，是值得人们纪念的。

杨朔（1913—1968）

杨朔原名杨毓瑨，曾用笔名杨宝叔、莹叔，山东蓬莱人。

杨朔是中国现代著名作家，散文大师。青年时期曾在哈尔滨生活，进行文学创作。一九三七年离开东北入关。一九三九年参加作家战地访问团到华北，随八路军作战采访，一九四二年到了延安。随后一直随部队工作，并参加了抗美援朝战争。一九五四年以后从事专业创作和对外文化交往工作。他的散文风格清新明快，用词精练，独创一家，很有影响。"文革"中杨朔被迫害致死。

抗战期间，杨朔被认为是"东北流亡作家"中的一员，是基于杨朔在二十世纪三十年代初期在哈尔滨生活过较长时间，并在那里进行文学创作，以后又由东北流亡关内，跟其他东北作家的经历相近的缘故。

一九三六年以前，杨朔在哈尔滨道里一家银行做职员，在哈尔滨的《国际协报》《哈尔滨五日画报》和长春《大同报》"夜哨"副刊上发表过一些诗，且多是旧体诗，如《马家沟寻春写兴》《惜春词》《落叶哀蝉曲》《瘦损的春心》《今朝》。此外，他还写有散文《雪花飘在满洲》。内容描写一个抗日青年对社会的叛逆和逃离东北的经过，真实感人，带有他自己感情活动的影子。总的看，杨朔这时期的创作还不够成熟，作品数量也不很多，但也应该是"东北流亡作家"中的一员。

陈辛劳（生卒年不详）

关于陈辛劳的情况，材料较少。他是"东北流亡作家"中较年轻的成员，与高涛、李满红等年龄相仿，创作勤奋，是个很有才华的诗人，可惜早丧。李辉英在一九八〇年十一期的《长春》上发表文章《三十年代初期文坛二三事》，记述了他对辛劳的认识，作为史料是珍贵的。现摘录如下：

祖籍黑龙江的诗人陈辛劳，"九一八"后流亡到上海，过的是有上顿，没下顿的生活……人们称辛劳为小陈。小陈面有菜色，健康似乎不大理想，不望而知患了肺结核，一九四五年逝世。小陈是位不折不扣的东北诗人，却往往为人们所忽略。诗是冷门货，卖一首买不到两碗阳春面，人间何世。我这里为他多写几行文字，是表示怀念的意思。

姜椿芳（1912—1988）

一九一二年，姜椿芳生于江苏常州一个店员家庭。一九二八年小学毕业后，随着家人来到哈尔滨。一九三一年加入反帝大同盟，一九三二年转党。他曾任中共满洲省委宣传部干事，与罗烽、舒群、金剑啸等积极开展哈尔滨的进步文化工作。他曾编辑《满洲红旗》，他家是党的秘密机关所在地。一九三六年因参与创办《大北画刊》而被捕，后被营救出狱。

这期间，姜椿芳在《国际协报》《大北新报》上发表作品，以评论居多，如《从"过年"说到"老年"》《德国文学的劫运》《又是故园春晓》《大路》《文学遗产》《内容与技巧》《文学是工具》《未来派》《探春》《文学无用论》《大众艺术与低级兴趣》《第四种人》《高跟皮鞋》。

一九三八年，姜椿芳到上海，在亚洲影片公司做苏联电影发行宣传工作，发起成立中苏电影工作者协会。一九四一年任《时代》周刊主编，一九四五年任《时代日报》总编辑和时代出版社社长。

新中国成立后，任上海军管会剧艺室主任，市文化局对外文化联络处处长，上海俄文学校校长。一九五二年调任中宣部斯大林著作翻译室主任，一九五三年任马恩列斯著作编译局副局长。"文革"中被迫害入狱。一九七五年出狱，任中国大百科全书总编委会副主任，大百科全书出版社总编辑。

姜椿芳长期从事文化领导工作，他是东北进步文化的早期开拓者之一。

师田手（1911—1995）

师田手原名田质成，吉林扶余人。

一九二〇年至一九三一年在扶余县和吉林市读小学、中学，逐渐对文艺发生兴趣。"九一八"后流亡关内，在北平弘达学院读高中，并开始在吉林《共和报》副刊《火犁》上发表作品。一九三三年参加左联，一九三四年考入北京大学，同时任"北平左联"组长。一九三六年参加中华民族解放先锋队，后流亡南京、山西、武汉等地，任民先干部。一九三八年十月到达延安。

在延安期间，曾任边区文协党支部书记、组织部秘书、第三五九旅七一八团文艺工作队秘书等职。曾在《解放日报》上发表散文《延安》。一九三九年发表歌颂汽车司机爱国反帝的小说《疯》。一九四九年出版短篇小说集《燃烧》。师田手在第三五九旅七一八团担任工作队秘书时，写了不少反映南泥湾军民生活的作品，登在《解放日报》上。

抗战胜利后，师田手随干部大队赴东北。历任《东北日报》记者，吉林省人民政府民政厅备粮工作队秘书主任、工作队队长，吉南专署工作队队长，吉林省双阳县县长。新中国成立后任吉林省教育厅厅长，吉林省文教委员会副主任，东北作家协会副主席，沈阳市作家协会执行副主席、党组副书记等职。主要作品有：小说和报告文学集《活跃在前列》（1955年），抗日斗争题材的叙事长诗《爷爷和奶奶的故事》（1956年），颂扬南泥湾精神的叙事长诗《歌唱南泥湾》（1957

年）。此外，还有诗集《螺丝钉之歌》，文学评论集《红雨集》，中篇小说《姑嫂斗》《中流砥柱》，长篇小说《军垦南泥湾》，以及《师田手短篇小说集》等。师田手创作生涯较长，作品题材广泛，内容丰富，富有时代气息。新中国成立后长期在大连深入生活。

蔡天心（1915—1983）

蔡天心原名蔡国政、蔡捷，曾用笔名蔡哲、君谟、白石等，辽宁省沈阳市常家湾子村人。

蔡天心一九三三年就读于沈阳教会学校文会高中时开始创作，发表处女作散文《回家》。一九三四年在大连《泰东日报》上发表小说《饥饿》。一九三五年高中毕业后，入青岛山东大学中文系学习，组织新文艺学会，曾主编《青岛民报》的《新地》文艺副刊。一九三六年加入民先，一九三七年在上海《文丛》杂志上发表中篇小说《东北之谷》。

抗战期间，蔡天心到成都四川大学借读，曾主编成都《半月文艺》和《新民报》的《铁流》副刊。一九三八年入党，一九四〇年到延安，曾在中央研究院文艺理论研究室任秘书、研究员，一九四二年参加延安文艺座谈会。写有中篇小说《山村父女》。

一九四五年回到东北，历任辽西省宣传科科长、辽西一地委宣传部副部长，协助出版刊物《草原》。后任吉林大学教授、辽宁学院院长。新中国成立后任东北文联编辑出版部部长，《东北文艺》主编，东北文联秘书长、中国作协沈阳分会副主席、党组副书记等职。

蔡天心的主要作品还有：反映东北抗日题材的短篇小说集《长白山下》，描写农业合作化生活的小说《初春的日子》《苇青河上》《扶持》《蠢动》，长篇小说《大地的青春》《浑河的风暴》，以及散文、评论、诗歌等。

刘澍德（1906—1970）

刘澍德曾用笔名涤先、南宫东郭等，吉林永吉新立屯人。

九一八事变后，刘澍德流亡北平，在北京图书馆里坚持自学。后考上中国大学中文系，并开始文学创作。一九三五年在北平《中学生》杂志上发表短篇小说《幽燕行》。北平失陷后，辗转流亡到云南，在中学任教。遥望东北家园，思念家人，写了《秋事与春泥》《瓜客》等作品。日寇入侵云南后，写了《迷》《折磨》《塔影》等小说，抒发自己忧国嫉世的心情。

一九四八年至一九五二年，刘澍德回到长春，在长春大学任教，后来又回昆明师范学院任教，一九五二年调往云南省文联工作。一九五五年后，任中国作协昆明分会副主席、中国作协理事、中国科学院云南分院研究所副所长等职。"文革"中被迫害致死。一九七八年，云南人民出版社出版了《刘澍德小说选》。

刘澍德在流亡关内后，较长时期留居云南，作品兼南北风貌于一体，富有个性。他的短篇小说《桥》《老牛筋》，长篇小说《归家》，短篇小说集《卖犁》等，都广受好评。

丘琴（1915—2006）

丘琴原名邓天佑，黑龙江宾县人。

"九一八"后，丘琴流亡关内。一九三四年在北平东北大学就读。一九三五年一二·九学生运动爆发后，参加北平学联领导的学生通讯社和北平文艺青年协会，曾负责编辑《东方快报》副刊《文艺青年》。一九三六年在北平《诗歌杂志》上发表诗歌《恸》。此后，又写了诗歌《沁草河》，受到好评。

抗战期间，丘琴在鲁北、徐州、晋东南、重庆等地参加抗日救亡工作，曾任东北军第五十一军战地服务团副团长，参加东北救亡总会，担任其机关刊物《反攻》编委，在重庆任《文学月报》编委等职。创作的诗歌《歌郎壁》在重庆《大公报》上发表，很受欢迎。

新中国成立后，丘琴在北京中苏友好协会任秘书，一九五五年加入中国作家协会。一九六六年调任对外文委亚非拉文化研究所副组长，后在中国科学院自然科学史研究所工作。

丘琴不仅是诗人，还是出色的苏联文学翻译家。主要译著有：《苏联诗选》《希克梅特诗集》《吉洪诺夫诗集》《伊凡·弗兰科诗文选》《马雅可夫斯基选集》《托康巴耶夫诗集》《焦尔金游地府》等。

刘芝明（1905—1968）

刘芝明原名陈祖鲁，辽宁盖平（今营口盖州市）人。

刘芝明是东北文艺工作的优秀组织者。

刘芝明青年时期留学日本，在日本读书时接受了马列主义，一九二九年毕业于日本早稻田大学。一九二九年回国后，到上海参加革命工作，一九三一年入党。历任东北同乡救国会会长、上海反日救国联合会理事、中国领土保障大同盟党团书记。一九三三年被捕入狱，一九三七年获释出狱。抗战期间到延安后，任中央党校教务处主任、党校三部主任、延安平剧院院长等职。

一九四二年，刘芝明组织和领导中共党校俱乐部的同志，创作演出了优秀平剧（京剧）《逼上梁山》，深受延安各界好评。以后，他又与延安平剧研究院的同志创作另一部优秀平剧《三打祝家庄》，再次获得好评。

抗战胜利后，刘芝明来到东北，先后担任鞍山市委书记兼市长、安东（今丹东）地委副书记、辽东分局宣传部副部长、中共中央东北局宣传部副部长、东北人民政府文化部部长、东北文协主席等职。在一九四九年第一次全国文代会上，任东北代表团团长。在东北工作期间，刘芝明广泛团结东北各界文艺工作者，推动东北解放区和新中国成立初期东北地区文艺繁荣发展。他曾主持和参加优秀京剧《雁荡山》《美人计》，评剧《小女婿》，话剧《在新生事物面前》的创作。

一九五三年后，刘芝明历任文化部副部长、全国文联副主席兼秘书长、中国戏剧家协会常务理事等职。发表许多关于戏剧发展和戏剧改革的评论文章和讲话。不幸在"文化大革命"期间被迫害致死。

金肇野（1912—1995）

金肇野原名金毓桐，辽宁省辽中县（今沈阳市辽中区）人。满族，爱新觉罗氏。

九一八事变后流亡平津，考入联华影片公司学艺。一九三二年弃艺从戎，参加抗日义勇军，在辽西、冀北一带活动。半年后，义勇军失败，金肇野又回北平继续流亡生活。

一九三三年，金肇野加入北平木刻研究会，学习木刻，同时开始文学创作。他的作品，曾在《京报》《北辰报》《大公报》《庸报》《北方日报》《华北日报》上发表。他参加了反帝大同盟，一九三四年加入左联，这时，与鲁迅先生就木刻问题开始了书信往来。

金肇野于一九三八年到延安。新中国成立后，在辽宁省政府工作，曾任农业厅厅长、计委副主任等职。一九六五年调入中共中央对外联合部工作。

董速（1918—1994）

董速原名董雪衡，吉林榆树人。

一九三四年，董速从吉林流亡到北平，在东北中山中学读书，曾参加一二·九运动。一九三六年考入北平大学女子文理学院。七七事变后，参加抗日救亡运动，一九三八年在武汉入党，在新四军四支队做宣传工作。后赴延安，先后任抗大、女大指导员，并在中央统战部、中央研究院文艺研究室工作过。一九四二年，调任八路军第三五九旅随军记者。

一九四一年，董速发表第一篇小说《卖血记》。之后，在延安连续发表一些报告文学。

抗战胜利后，董速回到东北。她先后担任中共双阳县委宣传部部长、吉林省宣传部副部长。"文革"中，被安排到农村插队落户两年。粉碎"四人帮"后，复任吉林省委宣传部部长，一九八三年任吉林省人大常委会副主任。

董速的作品还有：新中国成立后在《东北文艺》上发表的短篇小说《张玉兰》《误会》《里外一条心》。一九五一年，东北人民出版社出版的短篇小说集《孙大娘的新日月》。一九六三年在《长春》杂志上发表的革命故事《在革命的摇篮里》。此外，她还在《奋进》《电影文学》《长春》《吉林文学》上发表过文艺理论文章。一九八三年以后，写了《化作春泥更护花》《她在痛苦中前进》等十几个短篇小说以及《风云人物》等三个中篇小说，二十余篇散文，近三十万字。

董速曾为中国作协会员、全国文联委员、吉林省文联主席、吉林省作协名誉主席。

雷加（1915—2009）

雷加原名刘天达，辽宁丹东人。

一九二九年，在沈阳读中学。九一八事变后流亡关内，为收复失地，曾和广大爱国青年一起到南京请愿。一九三五年留学日本，接触了进步学生团体剧人协会。一九三七年回国，在白晓光（马加）主编的《文学导报》及《世界动态》上发表文艺理论文章，并在《大公报》《战地》上发表散文、特写。

一九三八年，雷加到延安，在抗大学习并入党。后到冀中抗日根据地做宣传工作，一九三九年再回延安，在延安"文抗"从事专业创作。他曾在延安《文艺战线》《文艺阵地》《解放日报》《八路军军政杂志》上发表反映前方战士生活的短篇小说《一支三八式》《鸭绿江》《黄河晚歌》《路》等。其中，《一支三八式》影响很大。

一九四二年后，雷加深入农村，任乡干部三年，写了以解放区农村生活为题材的两个短篇集《水塔》《男英雄和女英雄》。

抗战胜利后，雷加回到东北，曾任丹东造纸厂厂长。一九五一年调入北京中央文学研究所、中国作协从事专业创作，任北京市作协副主席。创作勤奋，作品数量较多。主要作品有：长篇小说《我的节日》、《潜力》三部曲——《春天来到了鸭绿江》《站在最前列》《蓝色的青枫林》，散文集《五月的鲜花》《匈捷访问记》《从冰斗到大川》，短篇小说集《青春的召唤》。粉碎"四人帮"后，写了特写和短篇小说《五月雨》《白绢花》《她在我们中间》《黄河在咆哮》等。

其余作家情况

叶幼泉 沈阳人，原东北大学学生，在文学院读书。与白晓光（马加）、张露薇、赵鲜文、申昌言、林霁融等东大同学多有往来。叶幼泉常写文学理论的文章，"九一八"后流亡北平，与白晓光一起编《文学导报》，与堕落成汉奸文人的张露薇展开斗争。抗战期间做抗日救亡工作。曾在吉林社会科学院工作。

李曼霖 流亡北平的文学青年、诗人。一九三五年出版诗集《高粱叶》，较有影响。七七事变前不幸离世。

高　滔 笔名齐同，流亡北平的东北学生，"北平左联"成员。他写的反映一二·九学生运动的长篇小说《新生代》反响很好。他还是翻译家，曾翻译俄国作家陀思妥耶夫斯基的小说《被侮辱与被损害的》。

田　丰 流亡北平的东北学生，地下党员。"北平左联"成员。他曾在上海《中流》上发表小说、散文。北平陷落后，田丰于一九三七年流亡到太原，在日本飞机轰炸下牺牲。

李　葳 原名李秉臣。"九一八"后流亡北平，在清华大学读书。他曾编过"左联"刊物《新地》，还翻译过苏联作品。

石　光 原东北大学哲学院学生。"九一八"后流亡北平，进行创作同时编《东方快报》，北平失陷后在武汉编辑过《反攻》。发表有小说《鲁北烟尘》等。抗战期间在延安"文抗"。新中国成立后在辽宁工作，离休前任辽宁社会科学院副院长。

李　雷 东北大学学生，流亡到北平后写诗，比较有名的是《游子吟》一首。抗战后到了延安，在"文抗"进行创作。

郭维城 "九一八"前在沈阳读中学。与同学创办进步文学刊物

《冰花》，得到中共满洲省委支持，当时在省委工作的刘少奇同志曾派人与他们联系。郭维城"九一八"后流亡北平，写诗和散文。后来参加革命，新中国成立后任过铁道部部长。

狄　耕　诗人，吉林珲春人。在北平流亡期间，写出诗歌《白山黑水之间》，一九三七年在上海连载，反响很好。

季　风　原名李福禹，东北大学学生，地下党员。流亡北平后，曾在《文学导报》等杂志上发表小说。

刘黑枷　原名刘志鸿。一九四〇年开始创作，在福建、重庆、成都、桂林等地流亡，发表作品。新中国成立后长期在沈阳市工作。

陈　渭　原名陈丽娟，一九一七年生于上海。一九三三年到哈尔滨，结识姜椿芳、萧军、萧红等进步作家，并积极参加进步文艺团体哈尔滨口琴社的活动。同时，在《大北新报》《国际协报》上发表文学作品，如《小老太婆》《姑娘与先生》《看你笑也不笑》《小毛和她的爸爸》，笔名小猫。一九三六年年底返回上海，参加进步文艺活动，进过中法戏剧学校，一九四四年在上海《千秋》杂志上发表文章《致某作家的一封信》。一九四七年在《时代日报》任编辑并发表作品。新中国成立后在上影厂从事外国影片翻译工作。

罗慕华　"九一八"前曾在辽宁省新民县（今新民市）文会中学做过教师，是东北早期新文学运动中的诗人，曾在上海《诗刊》、北平《晨报》上发表作品。

附录：东北沦陷时期作家名录

（由于资料收集困难，恐有错漏，仅供参考）

金剑啸（笔名剑啸、巴来、剑、JK、柳倩、健硕）

田　贲（又名花喜露，笔名山川草草）

关沫南（笔名沫南、东彦、泊丐、孟来、莫难、史亢地）

陈　堤（原名刘国兴，笔名曼娣、殊莹、巴力、衣尼、刘慰、姜醒民、余去明、果行、江侨、何为、杜明）

邓　立（原名梁梦庚，笔名山丁、梁山丁、菁人、小茜、梁某、茅野、阿庚）

方未艾（笔名林郎、方希、方曦）

李克异（笔名袁犀，本名郝庆松）

乌·白辛（原名吴宇洪）

马　寻（笔名金音、骧弟、S·D）

司马桑敦（笔名王光逖、金明）

信　风（原名张伯彦）

罗名哲（笔名罗绮、罗庸倩、狄帆、张车、洛北）

果　杳（原名高德生、高也平，笔名洒滑、飒划、果东杳、颜赤珠、壮寞如、无川、是者、野灯、五艾、七虹、邬朗、记者）

刘丹华（原名刘长青，笔名森、森丛、弋剑双、夏丹、丹羽、

讴禹）

李　乔（原名李公越，笔名野鹤）

成　弦（原名成骏，笔名雪竹、成雪竹、成玄、奈何堂、清
道人）

田　琳（笔名但娣、晓希、田湘、安荻）

梅　娘（原名孙嘉瑞）

左　蒂（原名罗麦，笔名智、今昙、何琪、巴尔、左忆、罗迈）

也　丽（原名刘方清，笔名野藜、镜海、浏溟）

田　兵（原名李北开、李荷家，笔名满立泣、李野、艾乡）

王秋萤（原名王之平，笔名秋萤、苏克、舒柯）

郁其文（又名喻庆飞，笔名铁汉、芷莎郎）

鲁　琪（原名鲁启智，笔名华青、华原、风原、小尼）

白拓方（原名于明仁，笔名努力、于逸秋、田琅、白桦）

白　石（原名白正光，笔名微灵、英弟）

张青榆（笔名白零、青榆）

张庆吉（笔名衣云、木人、牧音）

金　汤（原名金德斌，笔名黑梦白、金闪、田岳、吠影、易水）

高柏苍（笔名崔伯常、崔束、余有虞）

孟　素（又名王孟素，笔名顾盈）

李正中（笔名柯矩、韦长明）

赵孟原（笔名小松、梦园、白野月、MY）

疑　迟（笔名夷迟、刘玉章）

洪　园（原名马环，笔名励行健）

灵　非（笔名未名）

碎　碟（笔名佟子松）

安　犀（又名安凤麟）

石　卒（笔名陈因）

卞和之

石　军

外　文

吴　瑛

穆儒丐（原名穆嘟里，后改名穆笃里、穆辰公、穆六田，1885 年生，北京人，满族）

吴　郎（原名季守仁）

黄曼秋

杜白雨

文　光

刘　漠

冷　歌

王　则

雷刀普

霭　人

杨慈灯

古　弋

辛　实

辛　嘉

石　鸣

弋　禾

李季风（原名李福禹，笔名李季疯、季疯、磊磊生、亦醉、方进，1917 年生，辽阳人）

陈　莹（原名陈昊慧）

柯　炬（原名李正中，笔名李莫）